홍승표 수필집

꽃길에 서다

꽃길에 서다

홍승표 수필집

한울

서문_
'두꺼비' 느린 걸음으로 꽃길에 서다

'꽃'이 격세지감을 느끼게 합니다. 화장품 브랜드로 등장한 것은 이미 오래되었고, 요즘 꽃미남이 대세인 데다 할아버지들의 여행을 다룬 텔레비전 프로그램도 '꽃' 덕분에 떴습니다. 꽃과 남자는 이제 떼려야 뗄 수 없는 관계가 된 듯합니다. 아내에게 꽃다발을 사다 주는 것이 쑥스러워 꽃집 앞에서 망설였던 시절이 너무 아득하게 느껴집니다. 세상의 변화 속에 저도 용기를 내어 꽃길에 서봅니다.

평생 공직에 몸담아 온 저는 늘 산처럼 살아왔습니다. 제가 좋아하는 별명, '두꺼비'처럼 어디에 있든 산처럼 그 자리에서 변함없이 공직의 명예를 지켜왔습니다. 38년 걸어온 그 길에서는 이솝 우화처럼 제 옷을 벗기려고 햇빛과 바람이 싸움을 벌이곤 했습니다. 그래서 더욱 옷깃을 여며야 했던 나날입니다. 그런 중에도 문학 소년의 치기가 발동하면 연극, 영화, 음악, 여행 등 짧은 일탈로 위로를 받고 다시 제자리에 섰습니다. 저는 마음을 곧추세울 때마다 짧은 기록을 남겼고, 쓰는 행위로 자신의 선 자리를 확인하고 안도했습니다.

제게 올곧게 설 수 있는 용기와 힘을 주었던 제 글은 남에게 보이고자 썼던 글이 아닙니다. 책 모양을 갖추면서 다듬어졌지만 원래 원고에는 '옳거니, 좋다'와 같이 추임새도 넣었습니다. 그런 글을 묶어서 냈으니 부끄러운 마음입니다. 그동안 비매품으로, 혹은 부끄럽게 살짝 세상구경을 했던 책까지 모두 다섯 권입니다. 시집과 수필집을 지인들과 돌려보았던 경험 덕분에 용기를 내서 『꽃길에 서다』를 펴냅니다.

꽃으로 시작되는 순우리말이 여러 개 있습니다. 그중에서 '꽃길'은 사랑하는 사람에게 에둘러 가는 애틋함이 묻어납니다. 책을 펼치는 마음도 이와 같기를 바라는 마음입니다. 첫 번째 장은 "자세히 보아야 아름답다"입니다. 매주 산에 드는 저는 나태주 시인의 「풀꽃」이란 시가 얼마나 황홀한지 자주 경험합니다. 일상의 자잘한 행복을 '예쁘다'라는 말로만 표현하기에는 모자람이 있어 '아름답다'라고 감히 바꾸어봅니다. 두 번째 장은 사람의 향기, 여행의 여운을 담은 글이기에 "향기는 오래 남는다"로 묶었습니다. 세 번째 장은 "살얼음 위에 꽃 피우다"인데 '살얼음'은 공직생활에서 자주 인용되는 말입니다. 그 살얼음 위에 꽃을 피우는 일도 어렵지만 그 꽃이 오래가기는 더욱 힘듭니다. 그래서 과거가 아니라 현재입니다. 일을 수행하면서 새롭게 보려고 애썼던 마음이 깃들어 있습니다.

꽃과 남자가 어울리지 않던 시절을 지나와 제가 꽃길에 선 이유는 '이름' 때문입니다. 김춘수 시인의 시에서 "내가 그의 이름을 불러주었을 때 그는 나에게로 와서 꽃이" 된 것처럼 저도 누군가에게 의미 있는 사람이 되고 싶습니다. 소박하게 일상을 펼쳐 보이는 이 책이 선공후사(先公後私)의 삶을

응원해준 분들에게 꽃향기가 되고, 꽃길을 향해 당당히 걸어갈 수 있는 자신
감이 되어주기를 바랍니다. 졸고를 다듬어 책 모양을 갖춰주신 도서출판 한
울의 김종수 사장님과 편집부 직원 여러분께 진심으로 감사드립니다.

2013년 12월
홍승표

차례

제 1 장

자세히 보아야
아름답다

황포돛배 타고 적벽을 만나다

"마지막 석양빛을 기폭에 걸고 흘러가는 저 배는 어디로 가느냐"로 시작되는 「황포돛대」라는 노래가 있습니다. 옛날에 아버지가 술 한잔 걸치고 돼지고기 한 근 새끼줄에 매달고 집으로 오실 때 「갈대의 순정」과 함께 흥얼거리시던 노래입니다. 어렵고 고단했던 그 시절 식구들에게 고기를 먹일 수 있다는 생각에 흥에 겨워 부르시던 노래였다고 기억이 됩니다.

그때는 기분이 좋은데 왜 그리 처량한 노래를 부르셨는지 알 수가 없었습니다. 지금에야 얼마나 사는 것이 힘겹고 고단했으면 그런 노래를 부르셨을까 하는 생각에 울컥합니다. 「황포돛대」나 「갈대의 순정」을 얼마나 많이 들었던지 저도 모르게 따라 부르고는 했습니다.

초등학교 6학년 가을 소풍을 갔을 때 철없던 제가 이 노래를 불러 한바탕 난리가 났던 기억이 새롭습니다. 담임선생님이 교장선생님에게 야단을 맞았고, 저희 학교에는 유행가 금지령이 내려졌습니다. 그 후 저는 별수 없이 문제아가 되었고, 아버지가 학교에 정중히 사과하고 난 후에야 사건이 마무리되었습니다.

황포돛은 말 그대로 누런색의 베로 만들어진 돛으로 황포돛배의 방향과 속도를 조절하는 동력입니다. 임진강에는 황포돛배가 있습니다. 이 배는 조선시대 운송수단이었던 조운선을 원형 그대로 재현해 만든 것입니다. 조선시대에는 이 돛배가 마포나루까지 오가던 유용한 교통수단이자 화물 운송 수단이었습니다.

지금 임진강을 오르내리는 황포돛배는 외형은 조선시대 그대로지만 실제로는 디젤 엔진으로 움직이는 동력선입니다. 그래도 사람들은 이 배를 타고 유유히 임진강을 돌아보는 일에 매료되는 듯합니다. 그래서 새로운 관광 명물로 평가받고 있습니다.

예로부터 배를 타고 임진강의 적벽을 돌아보는 것이 임진팔경의 하나였다고 전해집니다. 「임진팔경(臨津八景)」은 조선시대 문신이자 학자인 남용익이 임진나루 남쪽에 있던 내소정(來蘇亭)이라는 정자에서 임진강 주변의 절경을 노래한 것입니다.

나그네가 화석정 주변에 만발한 꽃을 홀로 바라본다는 제1경 화석정의 봄, 백 척 난간에서 강에 낚시를 드리우고 고기를 낚는다는 제2경 장암(마당바위)의 낚시, 정처 없이 뭉게구름이 떠오른다는 제3경 송암의 맑은 구름, 가랑비가 맑았다 흐렸다 하고 백로가 나는 것이 풀빛이 나는 듯하다는 제4경 장포의 가랑비, 역루에 달이 비쳐 별이 그리 멀지 않게 보인다는 제5경 동파역의 달, 적벽 머리에 배 띄우니 풍류와 정취가 그만이라는 제6경 적벽 뱃놀이, 눈이 오고 밤이 되어도 강가 사리 문이 열린 것은 아마도 섬계(剡溪)의 왕자가 오기를 기다리는 것 같다는 제7경 동원의 눈, 나루 머리에 절이 서니 하얀 구름층을 이루고 밤중에 종 울리니 노승이 있는 듯하다는 제8경 진사의 새벽종, 이렇게 여덟 가지가 임진팔경입니다.

두지나루에서 황포돛배를 타고 자장리 적벽과 강 자락을 돌아보는 일은 즐거움 그 자체입니다. 자장리 적벽은 그 모양새가 특이합니다. 윗부분은 수만 권의 책이 꽂혀 있는 듯하고 아랫부분은 시루떡이 겹겹이 쌓인 듯합니다. 자장리 적벽은 용암이 흘러 형성된 현무암 석벽으로 무려 60만 년 전에 이뤄진 주상절리라고 합니다. 임진강에는 열한 개의 주상절리가 있는데 그중에서도 자장리 적벽은 아름답기로 정평이 나 있는 곳입니다. 규모가 그리 크지는 않지만 세계적으로 희귀종인 돌단풍 군락과 어우러진 모습도 볼 수 있으며, 적벽일대를 한눈에 볼 수 있는 산책로도 마련되어 있습니다.

해가 불그레한 얼굴로 하루를 마무리하며 넘어갈 때면 은빛으로 흐르던 강물도 붉게 물들어 임진강 자락은 온통 붉은빛으로 출렁이게 됩니다. 뱃머리에 선 나그네의 얼굴이 붉어지면 황포돛배의 낭만은 절정에 이릅니다. 배에서 내려 저녁노을을 안주 삼아 한잔 걸치면 세상에 부러울 것이 없어집니다. 살면서 아등바등할 필요가 없다는 생각이 절로 듭니다.

형제봉의 소나무

　새순이 연초록 얼굴로 세상을 기웃거리는 4월의 산과 들은 참으로 아름답고 신비롭습니다. 새순을 보면 지난겨울 모진 눈보라와 세찬 바람을 이겨낸 끈질긴 생명력의 원천을 느낄 수 있습니다. 주말에 산에 드는 일은 그래서 행복합니다.

　봄의 산은 오늘 본 모습이 어제와 다르고 내일은 또 다른 모습으로 우리를 깜짝 놀라게 합니다. 그야말로 하루가 다르게 변합니다. 아니 오전이 다르고 오후가 다르다는 것을 실감하게 됩니다. 그러니 며칠 만에 찾아보는 산의 모습은 변한 정도가 아니라 다른 곳이 아닐까 하는 착각마저 들 정도입니다.

　산에 들면 마음이 그렇게 편할 수가 없습니다. 흐드러지게 웃고 있는 산수유나 진달래, 벚꽃, 그리고 저마다 다투어 깨어나 기지개를 켜는 잎이나 가지 때문만은 아닙니다. 자지러지게 웃고 있는 새들의 노랫소리나 얼굴을 어루만지며 지나가는 바람 때문도 아닙니다. 산에 들면 돌이 되고, 나무가 되고, 바람이 되고, 구름이 되기 때문입니다. 어느새 산이 되어버리기 때문입니다.

　산에 드는 순간 세상 밖의 일은 이미 안중에도 없습니다. 마음은 벌써 세상을 가슴에 품고 있습니다. 저 좁은 세상에서 뭐가 그리 잘났다고 서로 아웅다웅 헐뜯고 다투며 살아가는지 그저 한심하다는 생각이 들기도 합니다.

　토끼재를 오르는 안개 가쁜 숨을 몰아쉰다.
　산허릴 휘감는 안개 발걸음을 재촉하고
　신명난 계곡의 물소리 흐른 땀을 씻는다.

　시루봉 가는 길목마다 초록물결 넘실대고
　넉넉한 둘레마다 새筍 돋는 풀꽃바다
　充血된 꽃망울들이 앞다투어 피고 있다.

　형제봉으로 달려가는 새소리 바람소리
　한 그루 나무로 서서 華城 자락을 바라본다.
　찌들은 삶의 더께를 씻고 숲이 된다. 山 된다.
　돌아서는 아쉬운 발길 산자락이 붙잡는다.
　追伸으로 던져보는 해맑간 웃음소리
　빛 부신 메아리로 살아 누리 가득 쏟아진다.

홍승표, 「광교산에서」 전문

광교산에 들어 싱그러운 초록 향기에 취하여 형제봉에 다다르면 또 다른 삶의 의미를 깨닫게 됩니다. 바위로 이루어진 형제봉에는 아주 잘생긴 소나무 몇 그루가 있습니다. 그리 크진 않지만 두 갈래, 세 갈래로 솟은 모습이 그렇게 아름다울 수가 없습니다. 어쩌면 그렇게 바위틈에서 온갖 풍파를 이겨내며 아름다운 모습으로 살아가고 있을까 하는 감탄사가 저절로 나옵니다. 세상을 살아가는 일이 그리 간단치는 않습니다. 그럼에도 세상을 살아가는 일이 얼마나 숭고한 일인가를 형제봉을 지키며 살아가는 소나무들이 잘 가르쳐주고 있습니다.

산에 드는 일은 건강만을 위한 일이 아닙니다. 산에 들어 한 그루의 나무가 되고 돌이 되고 바람이 되고 구름이 되어 세상사로 찌든 삶의 더께를 씻어내는 일이 무엇보다 중요합니다. 그런데 선글라스에 이어폰을 꽂고 산에 드는 사람들을 보면 안타깝습니다. 선글라스를 쓰면 시시각각 변하는 자연의 색깔을 느낄 수가 없고, 이어폰을 꽂고서는 새소리나 물소리, 바람소리와 같은 싱그러운 자연의 소리를 들을 수가 없습니다. 가끔 떼를 지어 큰 소리로 떠들거나 노래까지 부르는 사람들을 보면 참을 수 없는 분노와 증오마저 느껴집니다.

산이 산다우려면 산에 드는 사람들의 몸짓과 마음가짐이 정갈해야 합니다. 산에 드는 일은 경건하고 낮은 몸짓이어야 합니다. 말은 없지만 형제봉의 소나무는 우리네들이 세상을 살아가는 이유와 의미를 일깨워줍니다.

비워야 채워지는 법

유난히 을씨년스러운 한 해의 끝자락에 어느 공직 선배로부터 별난 부탁을 받았습니다. 편지를 봐달라는 것이었습니다.

어렵다지요. 모두 사는 일이 어렵다고 합니다. 경제가 도무지 풀리지 않기 때문이지요. 실제로 많은 사람들이 IMF 위기 때보다 사는 것이 훨씬 힘들고 어렵다고 아우성을 치는 참으로 곤혹스러운 오늘입니다. 걱정도 보통 걱정이 아닙니다.

편지는 이렇게 시작되었습니다. 그리고 '고통 받는 세입자분들의 마음고생을 조금이나마 덜어드리기 위해 임대료를 내려드리겠다'라는 내용으로 이어졌습니다. 그분은 선친으로부터 물려받은 건물이 있습니다. 생각해보니 도청에서 국장으로 일하던 때도 같은 일을 했던 것으로 기억합니다. 이른바 IMF 위기 때도 선배는 자기 건물에 세 들어 있는 사람들의 임대료를 내려주었습니다. 그때도 편지를 다듬어 드리면서 어려운 이웃을 배려할 줄 아는 참으로 괜찮은 분이라고 생각했습니다.

다시 한 해를 접습니다. 세모에는 언제나 가슴이 텅 빈 것처럼 허전하고 아쉬움만 남습니다. 때로는 가슴이 저리기도 한데, 못 이룬 일들이 너무도 많이 남아 있기 때문입니다. 하지만 지금이 절망의 늪에서 허우적거릴 때는 아닌 듯합니다. 우리에게는 지금보다도 어려운 순간들이 많았고 그 어려움을 슬기롭게 극복해온 저력이 있습니다. 오늘의 현실이 아무리 어렵다고 해도 예전에 비하면 형편이 크게 좋아진 것이 사실입니다.

많은 것을 누리던 사람들이 형편이 좀 어려워졌다고 해서 호들갑을 떠는 것은 사치일 뿐입니다. 마음을 비워야 합니다. 욕심으로만 가득 찬 마음을 비워보질 않았으니 현실이 암울하게만 느껴질 것입니다. 모든 것은 비워야 채워지는 법입니다. 가진 사람들은 비워야 채워진다는 것을 모르는 경우가 많습니다. 황금만능주의에 젖어 사는 사람들은 그보다 더 소중한 것이 얼마든지 많다는 사실을 잘 모르는 듯합니다.

올림픽 경기에 금메달만 있는 것은 아닌 것처럼 세상엔 일등 인생만 있는 것이 아닙니다. 은메달, 동메달도 훌륭하듯 모든 사람들의 인생이 소중한 법입니다. 돈이 많다고 모두 일등 인생이 아니고, 권력이 있다고 다 일등 인생은 아닙니다. 돈이 많아도, 권력이 있어도 삼류 인생을 사는 사람들이 너무도 많은 세상입니다.

오히려 돈이 많거나 권력을 가진 사람들의 행태를 걱정하는 국민이 많은 것이 오늘의 현실입니다. 가진 만큼 제 역할을 못하기 때문입니다. 노블레스 오블리주(noblesse oblige)라는 말이 있습니다. 가진 사람들은 그 나름의 사회적 책임을 다해야만 합니다. 사람들은 잘 모릅니다. 금빛보다 별빛이나 달빛이, 다이아몬드 광채보다 눈부신 햇살의 아름다움이 소중하다는 걸 말입니다.

사람들은 모두 새로운 것을 찾지만 새로움은 마음속에 있습니다. 모두가 꿈을 찾아 나서지만 꿈 또한 마음속에 있습니다. 누구나 크고 넓은 길을 찾아 떠나지만 세상 모든 길은 마음속에 있는 법입니다. 어둠을 헤치고 빛을 찾아 헤매지만 마음의 빛이야말로 삶을 밝혀주는 등불이 됩니다. 비록 가진 것은 작아도 크고 넓은 마음을 지녔다면 그는 누구보다도 넉넉한 사람입니다. 흔히들 돈이나 권력으로 안 되는 일이 없다고들 합니다. 하지만 반드시 그런 것은 아닙니다. 돈이나 권력으로 안 되는 일이 너무나도 많습니다. 그래서 세상은 누구에게나 살 만한 가치가 있는 것입니다.

어려운 이웃을 배려해주는 공직 선배를 보며 어떻게 사는 것이 잘 사는 것인지를 배우게 됩니다. 무조건 지키려고만 하다가는 더 큰 것을 잃는 법이며, 받는 것보다 주는 것이 더 행복하다는 걸, 나눌수록 넉넉해지고 비워야 채워진다는 걸 말입니다.

중추한담 仲秋閑談

눈이 시리도록 푸른 하늘 아래 산들이 저마다 다른 색동옷을 갈아입고 있습니다. 싱그러운 바람결에 후드득후드득 알밤이 떨어져 내리는 소리가 요란하기만 합니다. 귀뚜리 노랫소리에 맞춰 고추잠자리 한 무리가 하늘을 뒤덮기 시작했습니다.

가을은 남자의 계절입니다. 옷깃을 세우고 낙엽 지는 벤치에 앉으면 그가 바로 시인이고, 두 손을 호주머니에 찔러 넣고 아무 말 없이 낙엽 쌓인 길을 걸으면 그가 바로 철학자입니다.

가을날 불혹(不惑)의 세대는 잘 여문 곡식처럼 넉넉함을 만끽하고, 지천명(知天命)의 세대는 이런저런 생각에 잠 못 이루는 밤을 보냅니다. 귀를 열고 마음을 열어 삶을 달관한 이순(耳順)의 세대는 세상을 관조(觀照)하며 달빛 같은 마음으로 지내리라 생각됩니다.

문득 하늘을 올려다보니 박속처럼 흰 구름 한 점이 눈을 흘기며 중천(中天)에 떠 있습니다. 세상살이가 무엇인지 구름에게 물었습니다. 구름은 아무 말 없이 사라져 버렸습니다. 사람 산다는 것도 덧없이 흘러가는 구름 같은 것이라는 듯 떠났습니다. 가을은 고혹적인 햇살과 하늘빛으로 깊어만 가는데 우리네 삶은 그리 넉넉지 못한 듯합니다.

우리 조상들은 가을걷이가 끝나면 동네 사람들이 모여 돼지를 잡아놓고 한바탕 큰 잔치를 벌이곤 했습니다. 풍년을 이루게 해준 하늘과 조상님께 감사드리고 그동안 땀 흘린 서로의 노고를 격려하고 자축하는 자리였습니다. 가을은 가진 사람이나 못 가진 사람 모두에게 넉넉한 계절이었습니다. 곳곳에 술과 음식을 차려놓고 농악 소리 드높은 가운데 동네 사람 모두가 신명 나게 원을 그리며 덩실덩실 춤을 추었습니다. 모두가 하나로 어우러지는 정겨운 잔치였습니다. 동네잔치는 달이 동산 위로 얼굴을 내밀고 그 달이 술에 취해 불그레해질 때까지 늦도록 이어지곤 했습니다.

하지만 요즘은 이러한 동네잔치를 보기가 어려워졌습니다. 계절은 분명 더없이 화사한 얼굴로 우리에게 다가왔지만 우리네 마음이 무겁고 그다지 열려 있지 않기 때문입니다. 참으로 안타까운 일입니다.

가을은 생각이 많아지는 계절입니다. 흔들리는 갈대처럼 삶에 대한 의문 부호가 쉴 틈 없이 날아들어 몸부림치게 합니다. 그래서 생각이 깊어지고 고민도 깊어집니다. 가을은 보고 싶은 사람이 더욱 절절하게 그리워지는 계절이기도 합니다. 지난 추석, 선산에 들러 아버지, 어머니를 만나 큰절을 올렸습니다. 예순둘 젊은 나이에 하늘나라로 가신 아버지와 홀로 남아 고생하시다 아버지 곁으로 가신 어머니는 지금도 하늘나라에서 자식을 돌봐주고 계십니다.

눈부시도록 맑고 화사한 햇살과 시리도록 푸르른 하늘빛 때문이었을까요. 산에서 내려올 때는 콧등이 시큰해지고 더없이 처량하기만 했습니다. 마음은 산자락을 붙잡고 도무지 움직이질 않았습니다. 문득 아버지의 노랫소리가 들려왔습니다. "산 노을에 두둥실 흘러가는 저 구름아" 아버지 애창곡이었습니다. 한참을 듣다가 다시 발걸음을 옮겼습니다. 그리운 사람이 있다는 건 행복한 일입니다.

가을을 가을답게 보내려면 넉넉한 마음이 필요한 법입니다. 이러한 여유로움이 그냥 생기는 것은 아닙니다. 더 많이 가진 사람들이 자신보다 어려운 사람들을 위해 배려하고 베푸는 마음이 필요합니다. 가을이 가을답기를 소망해봅니다. 휘영청 밝은 달빛 가득한 큰 마당에서 한바탕 신명 나는 동네잔치가 벌어지기를 기대해봅니다.

자욕양이친부대 子欲養而親不待

　제가 초등학교 6학년이 되자 아버지는 송아지 한 마리를 집으로 끌고 오셨습니다. 다른 집 송아지를 키워 중학교 입학금을 마련하자는 것이었습니다. 그리 많지 않은 농사를 지으면서 여덟 식구가 살아가는 일은 거의 기적이었습니다. 남의 집 송아지라도 키우지 않으면 자칫 중학교를 못 갈지도 모른다는 위기감이 들었습니다.

　송아지를 키워 남은 돈으로 중학교에 갈 수 있었고, 중학교를 다니는 동안 세 마리의 송아지를 더 키웠습니다. 하지만 학교에 가는 형제자매가 늘어날수록 학비를 마련하는 문제는 점점 더 힘들어졌습니다. 급기야 해거리로 논밭을 팔아야 하는 일이 생기기 시작했습니다.

　결국 고등학교 진학을 포기하고 집안일을 돕기 시작했습니다. 아쉬움이 컸습니다. 못 마시는 술도 몰래 마셨습니다. 길이 보이질 않았습니다. 뒷산에 올라 어둠이 내릴 때까지 속절없이 울기도 했습니다. 암울했습니다. 그러나 죽어지내기로 했습니다. 고등학교를 못 보내는 부모님의 심정을 누구보다 잘 알고 있었습니다.

숙명이라 여기고 서툴지만 열심히 집안일을 도왔습니다. 검게 그을린 얼굴에 가득한 잔주름, 가라앉은 목소리. 농사일에 지친 부모님은 피곤한 기색이 역력했습니다. 부모님은 애써 힘든 기색을 감추려 하셨지만 그 힘든 속마음을 모를 수가 없었습니다.

일을 거들다 가끔 부모님을 바라보면 우연히도 눈이 마주칠 때가 많았습니다. 그럴 때면 아무 말씀도 없이 조용히 웃으시곤 했습니다. 맏이가 잘되어야 한다고 형을 서울로 유학 보낸 터에 둘째가 아무 불평 없이 일을 거드는 것이 대견하셨던 듯합니다. 그래도 가끔 울화가 치밀어 볼멘소리로 대들기도 했습니다.

어느 날부터 거의 매일 중3 담임선생님이 아버지를 찾아오기 시작했습니다. 저의 고교 진학문제를 상의하려는 것이었습니다. 하지만 두 분은 주거니 받거니 술잔만 기울이실 뿐 진학문제는 꺼내지도 않았습니다. 굳이 말을 하지 않아도 왜 왔고 무슨 말을 하려고 하는지를 묵시적으로 알고 있었습니다.

4월 말이 되어서 어렵게 고등학교에 들어갈 수 있었습니다. 물론 학교 수업을 마치면 집안일을 돕는다는 조건이 붙었습니다. 가끔 등록금을 제때에 납부하지 못해 교실에서 쫓겨나면 창가에 서서 수업을 몰래 듣기도 했습니다. 그러다 연세대학교에서 주최한 전국 고교생 문예작품 공모에 저의 작품이 당선되었습니다. 상패와 함께 국문과 장학생 입학자격, 입학금과 1학기 등록금 면제 특전이 주어졌습니다. 그러나 결국 대학에는 가지 못했습니다. 집안 형편이 이 좋은 기회조차 뒷받침해주지 못했기 때문입니다.

그러고는 고등학교 여름방학 때 공무원 시험에 합격하여 고교 졸업 전부터 공직생활을 했습니다. 군청에서 일을 하다가 형의 권유로 전입시험을 보고 도청으로 자리를 옮겨 일하면서도 문학도로서의 꿈은 버리지 않고 틈틈이 글을 쓰고는 했습니다. 그러다가 공보실에서 일할 때 우연히 지방 신문사 신춘문예에 응모했습니다. 그게 덜컥 당선이 되어 새해 벽두 신년호에 제 당선작이 소개되고 제법 유명세를 타게 되었습니다.

우쭐한 마음에 상패와 상금 일부를 봉투에 담아 부모님을 뵈러 달려갔습니다. 그런데 아버지의 표정이 영 아니셨습니다. 박차고 나간 아버지는 밤이 늦어서야 술이 취해 돌아오시더니 제 손을 붙잡고 울음을 터뜨리셨습니다. "미안하다. 너를 대학에 보냈어야 하는데……." 그제야 제 생각이 짧았음을 깨닫고 가슴을 치며 후회했습니다. 지금도 가끔 그때의 기억이 떠오르면 나도 모르게 울컥해집니다.

결혼을 하고 아들 하나만 키웠습니다. 그래도 흡족하게 잘해 주지는 못했습니다. 바쁘다는 핑계로 함께하는 시간을 많이 갖지도 못했습니다. 부모님께도 별로 잘해 드린 기억이 없습니다. 이제 아들 녀석을 결혼시키고 손자를 볼 나이가 되니 무척이나 후회가 됩니다. 자식을 여섯이나 키우시면서 얼마나 속 타는 일이 많았을까 생각하면 가슴이 먹먹해집니다.

지금 부모님은 하늘나라에 계십니다. 아버지는 예순둘 아까운 나이에 갑자기 돌아가셨고, 어머니도 일흔 다섯 되던 해 돌아가셨습니다. 홀로 지내시던 어머니는 당뇨에 치매를 앓으셨는데 치매로 제 손을 잡고도 알아보지 못하실 때 그 처절함은 참으로 기가 막힐 뿐이었습니다.

'자식이 봉양하려 하지만 어버이는 기다려 주지 않는다(子欲養而親不待)'

는 말이 이제야 실감이 납니다. 사는 것이 힘겨울 때 가끔 부모님 묘소를 찾아 넋두리를 늘어놓을 때가 있습니다. 돌아가셨어도 부모님께서 도와주실 거라는 기대가 있기 때문이지요. 어버이는 살아서나 죽어서나 하늘 같은 존재이기 때문입니다.

의전, 그 버거운 굴레

도청에서 의전 실무책임자로 일할 때였습니다. 행사 때마다 사전준비에서부터 끝날 때까지 완전 긴장 속에서 지내야 했습니다. 흔히들 "의전은 잘해야 본전이고 잘못하면 한 방에 간다"라고 합니다. 의전이 잘되면 다행이지만 잘못되면 행사의 본래 목적이나 취지가 무색해지기 마련입니다.

매월 한 차례 열리는 기우회(畿友會) 월례회가 있었습니다. 도지사를 포함한 도 의장, 교육감, 법원장, 검사장 등 도(道) 단위 기관장과 국회의원, 시장, 군수, 각급 단체장이 참여하는 조찬 모임입니다.

총무과장으로 가서 첫 번째 월례회를 갖는 날이었습니다. 행사가 시작되고 사회자가 "국기에 대하여 경례"를 하는 순간 갑자기 눈앞이 캄캄해졌습니다. 다리가 후들거리고 진땀이 흐르면서 많은 생각이 교차하더니 혼미해지기 시작했습니다. 잠시 후엔 아예 머릿속이 하얗고 아득한 게 아무 생각이 나질 않았습니다. 태극기가 놓여 있지 않았던 겁니다.

매월 정례적으로 열리는 이 모임은 도청 강당이 좁아 중기센터에서 행사를 하고는 했습니다. 당연히 태극기를 가지고 가서 단상에 올려놓아야 하는데 그날따라 서로 미루는 바람에 일이 벌어졌습니다. 결국 아침은커녕 물만 들이켜면서 겨우겨우 행사를 마칠 수 있었습니다.

오후에 지사를 뵙고 어떠한 처벌도 달게 받겠다고 고개를 숙였습니다. 그때 지사께서 원래 일이 잘못되는 건 누구도 생각 못할 때 일어나는 법이라며 "신고식 한번 제대로 했다고 생각해" 하시던 모습이 기억에 생생합니다. 지금도 그 생각만 하면 가슴이 철렁 내려앉습니다. 어떤 때는 좌석을 지정해놓지 않았다며 행사장을 떠나버린 기관장도 있었습니다. 민간행사인데도 좌석 배치가 잘못되었다고 버럭 화를 내며 죄 없는 공무원만 닦달한 사람도 있었습니다. 할수록 어렵고 힘든 게 의전이라는 생각이 들었습니다.

의전의 기본은 상대방을 이해하고 존중하고 배려하는 데에 있습니다. 의전의 출발점은 서로 다름을 인정하고 그 다름을 조율하는 일입니다. 따라서 참석 인사의 문화나 가치관을 잘 이해해야만 합니다.

'2005 경기방문의 해'를 준비할 때 중국 손님을 방바닥에 앉아 먹는 삼계탕 집에 모시고 갔다가 곤욕을 치른 적이 있었습니다. 중국 사람들은 바닥에 앉지 않는다는 걸 그때 알게 되었습니다. 그만큼 사전준비가 부족했습니다. 그 후로는 중식은 물론 한정식 집을 선택해도 반드시 의자에 앉아 식사를 할 수 있도록 배려하고 있습니다.

의전은 사전준비가 철저히 이루어져야 합니다. 준비가 소홀하면 눈에 보이는 하자가 뒤따르게 마련입니다. 그렇다고 격식이나 절차에만 신경을 쓰다보면 자칫 행사의 본질이 흐려질 수 있습니다. 의전 관례나 격식을 품위 있게 갖추되 유연성 있는 의전이 필요합니다.

사람들이 가장 예민하게 생각하는 부분이 좌석 배치입니다. 물론 의전은 서열을 중시하고 서열에 따라 예우를 해야 하는 게 핵심이지만, 참석자들 간에 서열을 정하는 게 그리 간단한 문제는 아닙니다. 특히 다양한 계층의 인사들이 참석하는 경우 더욱 그러합니다. 기관장과 의원, 대학총장, 군 부대장, 언론사 대표, 사회단체장, 민간 대표에 이르기까지 혼재된 참석자의 서열을 가린다는 건 정말 어려운 일입니다. 그런데도 서열이 뒤바뀌거나 좌석 배치가 잘못됐다며 항의를 하거나 퇴장을 해버리는 일이 비일비재합니다. 그럴 때 의전을 준비한 사람은 그야말로 좌불안석 초주검이 됩니다.

이러한 연유로 의전 부서에 가는 걸 부담스러워하는 사람이 많습니다. 그러나 의전을 잘해 동기생보다 앞서 승진을 한 사람도 많습니다. 남들이 다 어렵다고 하는 일을 쉽게 물 흐르듯 이끌어나가는 일, 그게 바로 의전의 매력입니다.

의전은 형식인 동시에 하나의 전략이며 경쟁력을 좌우하는 핵심요소입니다. 의전의 성패가 곧 어떠한 일의 성패와 직결됩니다. 의전의 수준을 통해 그 기관이나 단체의 경쟁력을 저울질해볼 수 있습니다.

요즘 시대를 '비디오 시대' 혹은 소리보다는 그림이 중요한 '이미지 시대'라고 합니다. 지난날에는 목소리 좋은 성우나 가수가 대세였다면 요즘은 안무를 겸비하고 무대와 화면을 장악하는 연예인이 대세라는 말입니다. 의전도 마찬가지입니다. 예전에는 격식과 겉치레가 중요했다면 요즘은 상대의 마음과 가치를 이해하고 배려하는 의전이 대세인 세상입니다.

의전을 담당하는 사람은 행사의 숨은 주역입니다. 의전관은 기획력과 순발력, 포용력과 친절한 몸가짐을 갖춰야 합니다. 눈에 띄지 않고 전면에 나서진 않지만 행사 전반을 꿰고 일사불란(一絲不亂)하게 진행시켜 나가는 연출가이기 때문입니다.

행사에만 의전이 필요한 건 아닙니다. 사람 사이에도 의전이 뒤따르게 마련입니다. 아무리 가까운 사람이라도 갖출 건 갖춰야 합니다. 저녁이나 같이 먹자고 친구 몇 명을 우리 집으로 부른 적이 있습니다. 그중 한 친구가 반바지에 슬리퍼 차림으로 다녀갔는데, 그때 초등학생이던 아들 녀석이 한 마디 던졌습니다. "아빠! 반바지에 맨발로 온 아저씨 다음에 부르지 말아요." 어린 녀석이 보기에도 안 좋아 보였던 모양입니다.

저녁식사 초대를 받고 식당에 갔는데 정작 초대한 사람이 한참을 늦게 나타나 당황한 적도 있습니다. 그 뒤로 사람을 초청하면 늘 먼저 나가 기다리고는 합니다. 초청한 사람이 먼저 준비하고 손님을 기다리는 건 당연한 일이기 때문입니다. 타인과는 물론이고 부부와 부모 자식 간에도 지켜야 할 의전이 필요합니다. 상대방을 알고 배려하는 말 한마디 몸짓 하나하나가 의전이고 행복의 첫걸음이라는 생각이 듭니다.

어느 골프장의 콘서트

신록이 검푸른 빛을 더해가는 5월의 끝자락에 골프장에서 주말을 보냈습니다. 처음 가본 서원밸리는 병풍처럼 늘어선 산자락에 자리하고 있어 푸근하고 아늑한 느낌을 받았습니다. 푸르른 나무들이 더없이 상큼하고 풀꽃향기 가득한 골프장은 웬만한 공원이나 정원보다 잘 가꾸어져 있었습니다. 5월을 보내는 것이 아쉬운 듯 고운 햇살과 결 고른 바람이 얼굴을 간질이고 고혹적인 꽃들이 마음마저 들뜨게 했습니다. 골프를 전혀 못하는 주제에 서원밸리를 찾은 것은 의미 있는 행사가 열리기 때문입니다.

이곳에서는 우리나라 골프장으로는 유일하게 10년 전부터 자선바자회를 겸한 그린콘서트가 열리고 있습니다. 평소에는 출입이 어려운 골프장을 이날만큼은 주민들에게 개방하여 마음껏 뛰어놀며 즐기게 하고, 회원들이 평소에 아끼던 애장품을 기증해서 자선바자회를 엽니다. 저녁에는 유명 가수 등 연예인을 초청해 무료 콘서트도 갖습니다.

아이들은 잔디밭에서 뛰고 뒹굴며 그림도 그리고 오행시를 짓기도 합니다. 배드민턴이나 야구를 하거나 줄넘기도 하고 마음껏 페어웨이를 달리기도 합니다. 어른들은 벙커를 모래판 삼아 씨름을 하거나 골프 연습장에서 장타를 날리기도 합니다. 자선바자회에서는 회원들이 기증한 물품들을 싼 값에 구입할 수도 있습니다. 어린아이부터 어른까지 즐길 수 있는 다양한 먹을거리도 즐비합니다. 물론 값도 비싸지 않습니다. 공연 도중에는 추첨을 통해 수많은 경품도 주어집니다.

2009년에는 3만 명 가까운 많은 사람들이 행사장을 찾았다고 합니다. 워낙 많은 사람들이 몰리다보니 주차장이 턱없이 부족했다고 합니다. 골프장 인근 도로나 공터가 주차장으로 변해 이 일대가 난리를 겪었습니다. 제가 간 해에는 이런 폐단을 없애기 위해 파격적으로 골프장을 주차장으로 제공했습니다.

사실 잔디 관리가 생명인 골프장에서 큰 부담을 무릅쓰고 페어웨이를 주차장으로 개방한 것은 일대 모험인 셈입니다. 직원들이 극구 반대했지만 지역주민들에게 민폐를 끼쳐서는 안 된다는 CEO의 고집을 꺾지 못했습니다. 이런 행사를 열 번째 계속하고 있는 것은 참으로 의미 있는 일이 아닐 수 없습니다.

주말 하루 휴장과 만만치 않은 연예인 초청 비용으로 5억 원이 넘는 영업 손실이 발생한다고 합니다. 그런데도 10년 넘게 변함없이 이 행사를 해오고 있는 것은 대단한 일입니다. 더구나 회원들이 기증한 애장품들을 팔아 얻은 수익금 전액은 모두 어려운 이웃을 돕는 데 쓰인다고 합니다. 이 행사의 의미가 더욱 각별하게 느껴집니다. 이것이 바로 노블레스 오블리주의 좋은 사례입니다.

지난날에는 골프장 건설을 둘러싸고 인근 주민들의 집단 민원이 끊이지 않았습니다. 사업자와 주민들 간의 분쟁 속에 시군에서도 골머리를 앓는 일이 비일비재했습니다. 양측을 오가며 중재에 나서는 일도 해야만 했습니다. 그런데 겨우겨우 민원을 해결하고 골프장 조성이 끝나면 대부분의 사업자는 지역이나 주민들은 나 몰라라 하는 것이 통례였습니다. 서원밸리는 지역사회와 주민들이 어떻게 상생, 발전해나갈 수 있는지에 대한 나름의 해법을 제시하고 있다는 생각이 듭니다.

골프장 잔디밭에서는 아이 어른 할 것 없이 모두가 웃음이 떠나질 않았습니다. 신록의 싱그러움이나 그윽한 풀꽃향기마저 그린콘서트의 열기와 가슴으로 전해오는 진한 감동에 묻혀버린 그런 밤이었습니다. 5월이 가도 서원밸리 자선바자회와 그린콘서트의 잔잔한 감동은 오래도록 기억될 것입니다.

양방언 신년음악회

세계적인 아티스트 양방언 신년음악회를 함께했습니다. 2002년 부산아시안게임 주제곡 「Frontier」와 「Wings of Mirage」 등 그의 주옥같은 연주에 전율을 느낀 더없이 행복한 저녁이었습니다.

양방언은 일본 도쿄에서 제주 출신 아버지와 신의주 출신 어머니 사이에서 출생했습니다. 재일한국인으로 1년 남짓 의사 생활을 하다가 음악가로 활동하기 시작한 아티스트이고 대한민국 국적을 취득했습니다. 그는 일본, 홍콩을 포함한 아시아는 물론 유럽에서 작곡, 편곡, 연주를 해왔습니다. 클래식과 록, 월드뮤직, 재즈 등 음악적 장르를 뛰어 넘어 시대와 세대를 아우르는 크로스오버 아티스트로 높이 평가받고 있습니다.

2002년 부산아시안게임 주제곡인 「Frontier」와 아버지의 고향인 제주도를 그리는 「Prince of Jeju」 등은 양방언의 대표작으로 손꼽히고 있습니다. 또한 영화, 다큐멘터리, 애니메이션, 게임 음악 등 다양한 장르에서 폭넓은 활동을 펼치고 있습니다.

임권택 감독의 100번째 영화 〈천년학〉의 사운드 트랙은 2007년 영화평론가협회상 음악상, KBS TV 특별기획 다큐멘터리 〈차마고도(茶馬古道)〉 사운드 트랙은 한국대중음악상 최우수 영화TV음악부문상을 받는 등 그의 음악은 모두 '명작'으로 평가받고 있습니다. 이처럼 한국의 전통문화에 대한 자부심을 담은 음악으로 그는 한국을 대표하는 음악가로 손꼽힙니다.

또한 2009년 음악을 담당한 엔씨소프트의 온라인게임 'AION'은 한국 아티스트로서는 최초로 블록버스터 게임 음악을 담당해 화제가 되었습니다. 한국 게임 역사상 최고의 흥행기록을 경신하는 게임의 대성공과 함께 전 세계에 디지털 음원이 서비스되는 등 한국 게임 음악의 역사에 남을 큰 성공으로 기록되고 있지요.

이날 신년음악회에서 그는 전속밴드와 모스틀리 필하모닉 오케스트라, 용인대학교의 젊은 차세대 8인조 국악프로젝트 그룹과 함께 장르의 경계를 넘나드는 다양한 연주로 청중을 매료시켰습니다. 공연이 끝나는 순간 모든 청중이 보내는 기립박수 소리가 오래도록 멈추지 않았습니다.

그의 손끝에서 태어나는 소리는 그의 그윽한 표정이나 몸짓과 밴드와 어우러져 환상의 세계로 이끌어갔습니다. 세상사 모든 이야기를 소리로 풀어가는 힘이 있었습니다. 밀쳤다 당기고, 널브러졌다 다시 일어서고, 하늘로 솟구쳤다가 땅속으로 빠져드는 착각이 들었습니다. 때로 산이 되고 바다가 되고 빛이 되고 어둠이 되어 침묵 속으로 빠져들기도 했습니다.

아리고 저린 이야기들이 뒤엉켜 뒹굴기도 했습니다. 쓰러질 듯 비틀거리던 소리들은 어느새 천둥번개가 되어 포효하고, 바람이 되어 떠돌다가 구름이 되고 빗줄기로 쏟아졌습니다. 그 비는 실개천과 개울을 지나 산마루를 넘어 다시 하늘로 올랐습니다. 하늘로 오른 소리는 다시 구름이 되어 비를 내리고, 수런대며 돌다리를 건넌 물을 담은 나무들이 잎을 피우고 꽃을 피웠습니다.

애틋한 사연들이 담긴 삶의 웅어리들을 거칠 것 하나도 없이 한 가락 소리로 풀어갔습니다. 때로 바람을 일으켜 큰 산을 흔들어놓기도 했습니다. 달콤한 이야기를 들려주다가 폭풍같이 절규하며 피를 토하기도 했습니다. 어둠을 빛으로 풀고 미움을 사랑으로 풀어가는 소리는 멈추질 않았습니다. 정처 없이 떠돌던 소리는 다시 또 휘몰아치며 마음을 뒤흔들었습니다. 우리가 잊고 있었던 꿈과 사랑을 일깨우는 소리에 온몸이 몸서리치며 전율했습니다. 그렇게 소리는 계속 이어졌습니다.

용인대학교 국악프로젝트 그룹과 오케스트라가 함께 들려준 연주는 강물이 섬을 밀어 올리는 듯 큰 감동으로 소용돌이쳤습니다. 그 큰 물결 속에서 아득한 옛날 색동옷을 입고 뛰어다니던 유년시절이 생생하게 떠올랐습니다. 빛은 소리를 부르고 소리는 새를 부르고 새는 소리로 세상을 일깨웁니다. 소리는 바람을 조율하며 온 누리를 넘나들고 햇살은 현(絃)을 켜며 세상에 빛을 밝혔습니다.

사람 살아가는 이치도 소리를 조율하는 것과 같아 어느 한 부분이 이탈하면 모든 게 수포로 돌아가는 법입니다. 저마다 다른 소리가 자기의 영역을 벗어나지 않으며 모자라지 않고 넘치지도 않을 때 환상적인 소리로 거듭나는 법입니다.

그가 이제껏 쌓아온 음악 세계는 매우 독창적이며 환상적입니다. 그가 음악가로 활동을 시작했을 때 세상은 뉴에이지라는 새로운 말로 그의 음악 세계를 말했습니다. 그의 곡들이 우리의 전통악기는 물론 몽골, 중동, 동유럽과 남미 등 다양한 문화권의 악기들을 통하여 재즈, 민속음악 등 다양한 음악을 선보였기 때문입니다. 크로스오버의 진수를 보여주었습니다.

음악 세계에서 크로스오버적인 성격은 그가 걸어온 삶의 여정 때문일 것입니다. 1960년 조총련 소속의 재일교포 1세대로 태어나 늘 폐쇄적인 조총련계 학교를 다녔고 국적은 북한으로 등록될 수밖에 없었습니다. 1998년에 그는 비로소 대한민국의 국적을 취득하여 정식으로 우리와 같은 대한민국 국민이 될 수 있었습니다. 이러한 크로스오버적인 삶 때문인지 그는 늘 통일에 대한 꿈을 가슴에 품은 채 살고 있습니다. 실제로 그는 언론 인터뷰를 통해 북한의 연평도 포격 사건 등에 대해서 누구보다도 안타깝게 지켜봤고, 남북의 대치 상황을 가슴 아프게 생각한다고 말했습니다.

그리고 통일에 대한 강한 의지를 피력했습니다. 실제로 그는 지난 2001년 경의선 철도복원 사업을 기념해 〈Dream Railroad〉라는 곡을 통해 통일에 대한 간절한 생각을 표출해 많은 이들을 감동시키기도 했습니다. 그는 언젠가 통일의 길 위에서 음악적인 역할을 맡고 싶다고 합니다. 그의 꿈이 실현되기를 소원해봅니다.

세계적인 아티스트 양방언과 함께한 시간은 행복했습니다. 새해 벽두부터 크로스오버 음악을 듣고 생각의 벽을 허무는 마음으로 한 해를 시작할 수 있었습니다.

음복으로 배운 주도 酒道

동서고금을 막론하고 술에 관한 전설이나 떠도는 이야기는 많습니다. 술에 관한 한 내로라하는 주당(酒黨)이나 주신(酒神) 또한 많은 것이 사실입니다. 그렇지만 술을 제대로 아는 사람은 그리 많지 않은 듯합니다.

저 역시 술에 관한한 많이 아는 것 같으면서도 사실은 별로 아는 게 없는 바보 같은 사람입니다. 다만 시골에서 자란 탓에 술에 얽힌 추억이 많습니다. 들일하는 어른들의 새참 심부름을 하면서 일찍 술을 알게 되었습니다. 아침과 점심 사이에 먹는 새참은 대개 두부김치에 막걸리가 전부였습니다. 그런데 술이 담긴 큰 주전자가 무겁기도 하거니와 술에 대한 호기심이 발동해서 한 모금 두 모금 맛을 보게 되었습니다. 그러다 보니 기분이 좋아져 힘든 줄도 모르고 잔심부름을 도맡아 하게 된 겁니다.

조금 더 커서 농사일을 돕거나 땔나무를 할 때는 동네 형들이 주는 술을 어느 정도 합법적(?)으로 마실 수 있게 되었습니다. 사실 어른들도 담배는 어른 앞에서 피우는 것을 금했지만 술 마시는 것에는 비교적 관대한 편이었습니다. 정식으로 주도(酒道)를 배운 것은 열일곱 살이 된 해였다고 기억됩니다.

할머니 제사가 끝났을 때 아버지는 "사내 나이 열일곱이 되었으면 술을 좀 해도 되지" 하며 음복을 권하셨습니다. 짐짓 놀란 척했지만 속으로는 아버지도 제가 술 마시는 것을 알고 계셨을 거라고 생각했습니다. 참으로 고마운 것은 술도 음식이라 가려서 마시되 나름 주법이 있다면서 여러 가지 말씀을 해주셨습니다.

윗사람에게 잔을 올릴 때는 오른손으로 잔을 먼저 올린 다음 술을 따라 올리라는 것이 첫 번째였습니다. 그리고 윗사람이 주실 때는 두 손으로 공손히 받아 고개를 약간 돌리고 마시되 다 마시지 않을 때에도 잔에 입을 대었다가 잔을 내려놓으라고 하셨습니다. 잔을 부딪칠 때도 윗사람의 잔보다 아래로 하고 반드시 상대방의 얼굴을 쳐다보는 것이 예의라고 하셨습니다.

그뿐만이 아닙니다. 사람이 많아 자리에서 이동하여 술을 권할 때에도 반드시 오른쪽으로 가서 오른손으로 잔을 드리고 술을 따르라고 하셨습니다. 왼손으로 술을 권하는 것은 술자리를 함께할 수 없다는 의미가 있다고 합니다.

옛날 선비들은 마을 정자에 모여 시 한 수와 노래 한 자락에 술 한 잔을 마셨다고 합니다. 때로 먼 산이나 강 자락을 바라보며 술을 마시는 풍류를 즐겼다고 합니다. 그러다 아는 선비가 지나가면 불러 함께 술자리를 하는 게 상례였던 듯합니다. 그때 그 선비가 인사를 나누고 한 순배가 돌아가면 자리를 떠야 하는데도 자리를 지키고 있을 경우, 잔을 왼손으로 건네면 그 잔을 받고는 자리를 뜨는 게 당연한 관례였다고 합니다. 왼손 잔은 그런 의미입니다.

양반만 그런 게 아니었습니다. 거지들도 회식을 할 경우 자리에서 왕초가 마음에 들지 않는 거지에게는 왼손으로 잔을 권했다고 합니다. 물론 다른 곳으로 떠나라는 의미가 내포되어 있는 것입니다. 그러면 절대로 잔을 받지 않고 발이 손이 되도록 빌며 더 있게 해달라고 애원했다고 합니다. 이런 걸 모르고 지낸다는 것은 참으로 부끄러운 일입니다. 왼손으로 술을 권하는 그런 결례를 범하는 일이 없었으면 합니다.

저는 술하고 보약은 장복해야 효과가 난다고 주장하는 무지한 사람입니다. 또 기왕에 마실 거라면 즐겁고 유쾌하게 마시는 것이 육체적으로나 정신적으로나 좋다고 생각합니다. 술은 잘 마시면 약이 되지만 잘못 마시면 독이 될 수도 있습니다. 술 먹고 실수하면 사람대접을 받지 못합니다. 때로 술자리를 통해 사람의 근량을 달아보는 것은 이러한 이유 때문일 것입니다.

아버지는 몰래몰래 편하게 술을 마시던 저에게 일침을 가하며 정곡을 찔러주신 듯합니다. 지금도 술에 관한 스승이 아버지였다는 것을 마음속으로 자랑스럽게 생각하고 있습니다. 아버지의 가르침이 몸에 배어 있어, 그 덕분에 어느 술자리에서든지 결례했다는 말을 들은 기억이 없습니다. 저 역시 아들 녀석이 대학에 들어갈 무렵 아버지에게서 배운 주도(酒道)를 그대로 전수했습니다. 아들 녀석도 술자리에서 결례를 범하는 일은 없을 거라고 생각합니다.

아들 결혼, 그 이후

일을 하다보면 집에 들어가는 시간이 늦어질 때가 있습니다. 어쩌다 회식이라도 있는 날에는 더욱 그러합니다. 아들 녀석이 다섯 살 때였습니다. 일도 늦게 끝난 데다 회식이 이어져 자정이 넘어 집에 들어간 날이었습니다. 초인종을 눌렀더니 아들 녀석이 문을 열어주었습니다.

"엄마는?"

"엄마가 일찍 잠이 들어서 아빠 문 열어주려고 내가 기다렸어."

"그래?"

술이 확 깨며 아들의 의젓한 모습이 대견스러워 보였습니다. 그리고 이제는 밤늦게 술 취한 꼴을 보여선 안 되겠다는 생각이 들었습니다.

세월이 참 빠르게 흘러간다는 걸 실감합니다. 그때 문을 열어주며 저를 걱정하던 아들이 결혼을 했습니다. 계절의 여왕 5월이었습니다. 아들 녀석이 일찌감치 결혼을 서둘렀는데 이러저러한 사정으로 미뤄왔습니다. 아내도 조금 늦췄으면 좋겠다고 했었습니다. 하지만 아들의 주장을 무작정 묵살

할 수 없었습니다. 더군다나 혼사를 늦춘다고 특별히 달라질 것이 없으니 미룰 이유가 없었다는 게 솔직한 고백입니다. 조촐하고 소박하면서도 품위 있는 결혼식을 올렸습니다. 친척들은 물론 많은 하객들의 축하와 격려도 아내와 아들에게 큰 힘이 되었습니다.

아들 결혼 후 요즘은 축하와 함께 원망도 많이 듣고 있습니다. 지인들에게는 제대로 청첩을 보내지 않았습니다. 청첩을 보냈다면 금전적으로는 도움이 되었을 것입니다. 그러나 하지 않았습니다. 제가 현직 공무원이기 때문에 어쩔 수 없이 축의금을 내야 하는 사람이 많을 거라는 생각이 들었기 때문입니다. 특히 저와 함께 일하는 직원들은 더욱 부담을 가졌을 것입니다. 상대방을 배려하며 올곧게 살아야 한다는 저의 자존심이 폐 끼치는 일을 허락지 않았습니다. 아내도 전적으로 동의해주었습니다. 당연한 일이었지만 고맙다는 생각이 듭니다.

하나밖에 없는 아들 녀석에게는 빚이 많다는 생각이 듭니다. 아버지로서 변변히 놀아준 일이 없고 신경을 써준 일도 별로 없습니다. 너무도 바쁜 부서에서만 일을 하다보니 시간적 여유가 없었습니다. 특히 관선 시절 도지사 비서실에서 6년여 일할 때는 명절 때를 빼고는 쉬는 날이 거의 없었습니다. 초등학교 때 부산, 중학교 때 동해안을 여행한 것 빼고는 함께 여행도 못했습니다. 틈틈이 외식도 하고 공놀이를 하며 놀아주기도 했지만 역부족이었다는 생각에 자꾸 미안한 마음이 듭니다.

그래도 아들 녀석은 별 탈 없이 잘 자라주었습니다. 글짓기를 잘해 초등학교 시절 수원에서 1등을 한 일이 있고 공부도 제법 잘했습니다. 수원에서 중·고교를 마치고 대학에서 국문학을 전공했습니다. 아들 녀석에게 한 번도 공부하라는 말을 한 적이 없습니다. 물론 매를 든 적도 전혀 없습니다.

아들이 군에 입대하던 날, "살아오는 동안 아버지는 한 번도 손찌검을 안 하셨지요. 그게 나름 아버지의 교육방법이라는 걸 나중에 깨달았어요"라는 편지를 남겼더군요. 아들 녀석이 군 입대를 하고 나서 자식에 대한 소중함과 그리움이 한꺼번에 밀려왔습니다. 여자 친구가 없는 그 녀석을 위해 위문편지를 많이 보냈습니다. 아마 책으로 엮어도 될 만한 분량일 겁니다. 한 달에 한 번꼴로 면회도 다녔습니다. '부모님과의 대화'라는 교육시간에 강사로 특강을 하고 아들 녀석 4박 5일 휴가증을 강의 수당(?)으로 받고 함께 집에 온 일이 있었습니다. 너무도 좋아하던 아내의 모습이 지금도 생생합니다. 그때 엄청 많은 돼지갈비를 먹는 아들을 보니 안쓰럽다는 생각마저 들었습니다.

몇 년 전에 아들 녀석의 고교 시절 담임선생님이 여자 친구를 소개시켜 주었습니다. 중학교 중국어 선생이었습니다. 아들 녀석도 여선생을 마음에 들어했습니다. 반년쯤 만나더니 집으로 함께 와 첫 인사를 나눴습니다. 별로 말이 없는 아들과 달리 다소곳하면서도 밝고 명랑하다는 인상을 받았습니다. 가정교육을 잘 받았다는 느낌이 들었습니다. 항상 컴퓨터와 씨름하던 그 녀석의 조용한 방에서 웃음소리가 들리기 시작한 것도 그 무렵부터였습니다. 신기했습니다. 아내도 모처럼 집 안에 웃음소리가 들린다며 좋아했습니다.

아들의 결혼을 준비하면서 한 번도 아내와 다툰 일이 없습니다. 가진 게 없어 준비할 게 많지 않은 데다 아들의 결혼이 축복이라는 생각 때문이었습니다. 결혼식을 마치고 아프리카 모리셔스로 신혼여행을 다녀온 아들 부부

는 지금 꿈같은 신혼생활을 하고 있습니다. 딸 없이 아들 하나만으로 지내
던 집안에 웃음소리가 끊이지 않는 건 참으로 행복한 일입니다. 딸 같은 며
느리가 생겼다는 사실이 얼마나 좋은지 모릅니다. 새로운 가족과 함께 오래
도록 화목하게 잘 살았으면 좋겠습니다.

불가근불가원不可近不可遠

불가근불가원(不可近不可遠), 가까이할 수도 멀리할 수도 없다는 뜻입니다. 흔히 기자와의 관계를 '불가근불가원'이라는 말로 표현합니다.

세상을 살면서 한쪽으로 치우치지 않고 균형 있게 사는 일은 말처럼 그리 쉬운 일은 아닙니다. 특히 사람과 사람 간의 관계는 수학공식처럼 정해진 것이 아니라서 더욱 어려운 듯합니다. 저는 본의 아니게 홍보 부서에서 오랫동안 일해왔습니다. 나름 기자들의 생리에 관해 잘 알 것 같은 사람인 셈입니다. 그러나 천만의 말씀입니다. 아직도 전혀 알지 못한다는 것이 솔직한 고백입니다. 한 가지 얻은 철학이 있다면 '불가근불가원'의 관계는 결국 '불가분(不可分)'의 관계가 아닐까 하는 것입니다.

형과 저는 공무원으로 살아왔고, 동생은 기자 생활을 하고 있습니다. 기자인 동생을 둔 데다 오랫동안 홍보 부서에서 일해온 저는 객관적으로 보면 누구보다도 기자의 생리를 잘 알 법한 사람입니다. 그런데 여전히 기자들의 심리를 알 수가 없습니다. 저의 경험상 상상을 초월하는 일을 많이 접했기 때문입니다.

군이 말하자면 제게 기자는 일부러 만나고 싶지 않은 직업군입니다. 아버지가 살아 계실 때 "기자라면 동생도 별로입니다"라고 했다가 꾸중을 들은 적이 있습니다. 홍보 업무를 하면서 기자들 때문에 몹시 지쳐 있을 때라서 그런 말을 했을 겁니다.

동생에게 기자로 살지 말고 사람으로 살라는 말을 한 적이 있습니다. 공무원도 현직을 떠나면 '찬밥'이 된다고들 말합니다. 그런데 그보다 더한 '언밥' 신세가 되는 사람이 기자랍니다. 물론 공무원이나 기자나 자기 할 탓이긴 합니다만, 그만큼 현직에 있을 때 잘해야 된다는 뜻입니다. 저 역시 이런 뜻에서 동생에게 기자를 그만둔 후에라도 사람대접을 받으려면 기자로 살지 말고 사람으로 살라고 한 것이었습니다.

어쨌거나 그 후 동생에게서 사람으로 살려고 애쓰는 몸짓을 느낄 수 있었습니다. 다행이라는 생각을 합니다. 앞으로도 저나 동생이 공무원이나 기자로만 살지 말고 사람으로 살았으면 좋겠습니다. 그래야만 현직을 떠나서도 사람대접을 받을 수 있을 거라는 믿음을 가져보는 것입니다.

30년 넘게 공직 생활을 하는 동안 많은 언론인들을 만났습니다. 정말 훌륭한 사람이 많았습니다. 올곧은 정신으로 불의와 타협하지 않고 중심을 지키면서 정론직필(正論直筆)을 금과옥조로 여기며 사는 사람들이었습니다.

얼마 전에 퇴직한 언론인 중에 이런 분도 있습니다. 그는 5대 독자였습니다. 당연히 군대에 가지 않아도 되는 상황이었습니다. 그런데 판사였던 아버지가 본인도 모르게 자원입대를 시켰습니다. 군대에 다녀와야 사람이 된다는 이유였다고 합니다. 졸지에 군에 입대를 했는데 국문과를 나온 덕에

행정병으로 일하게 되었습니다. 그런데 아버지가 그 사실을 알고 이번에는 월남전에 참전토록 했습니다. 이런 아버지의 가르침을 가슴에 새겼으니 그 또한 만만치 않은 삶의 기품을 갖추게 된 것이겠지요.

그는 군에서 제대한 후 지방 언론사에서 처음으로 기자 생활을 시작했습니다. 기자는 기사만 잘 쓰면 되는 줄 알았는데 그곳에서는 '업무'가 더 중요했습니다. 구독부수를 늘리고 광고를 많이 얻어내는 속칭 '업무'가 그의 생리에 맞을 리 없었습니다. 천성이 착하고 심성이 비단결 같아 남에게 아쉬운 소리를 못하니 광고를 얻을 수 없었던 것입니다. 결국 사표를 던졌습니다. 그러다가 새로 생긴 통신사는 광고를 하지 않아도 된다고 해서 다시 기자 생활을 하게 된 것이었습니다.

그분과 30년 정도를 알고 지냈는데 한 번도 부담되는 말을 들어본 적이 없습니다. 그 인품하며 상대방을 배려하는 마음이 너무나 인간적이라는 생각이 듭니다. 퇴직 후에도 가끔 연락하고 함께 소주잔을 기울이기도 하는데, 지금도 그분을 만나면 존경스러움에 머리가 절로 숙여집니다. 사람 냄새가 넘쳐나는 그분을 보면 살면서 만나는 기자들이 모두 그분 같았으면 좋겠다는 생각을 해봅니다.

가끔 사람으로 만나다가 어쩔 수 없이 기자로만 만나야 하는 상황이 생길 때가 있습니다. 참으로 아쉬운 일입니다. 사람의 도리를 다하며 산다는 것, 결코 쉬운 일이 아닙니다. 공무원이든 기자든 모든 사람들이 사람 냄새 물씬 풍기며 사람답게 살았으면 합니다.

벌초伐草하는 마음

벌초를 다녀왔습니다. 연례행사처럼 해마다 하는 일이지만 매년 느끼는 감정은 다르게 다가오곤 합니다. 벌초를 한다고 해서 조상이 알아주는 것은 물론 아닙니다. 그럼에도 매년 벌초를 하는 것은 추석 성묘를 할 때나 시제(時祭)를 지낼 때 마음이 홀가분해지기 때문입니다. 아니, 그보다 중요한 것은 조상을 잘 모신다는 마음의 위안을 삼기 위함인지도 모를 일입니다.

어쨌거나 정말 열심히 비지땀을 흘려가며 잔디를 깎고 잡초를 뽑고 또 뽑았습니다. 납골장례문화가 확산되고 있다고는 하지만 산소는 나름대로의 의미가 있습니다. 산소는 망자(亡者)의 휴식처이기도 하지만 살아 있는 사람들에게도 마음의 쉼터가 될 수 있습니다.

실제로 저는 승진을 하거나 자리를 이동했을 때 아버지 산소를 찾아 인사를 올립니다. 그뿐만이 아니라 일이 꼬이고 잘 풀리지 않을 때면 산소에 가서 넋두리를 늘어놓기도 합니다. 그러면 저도 모르게 막혔던 가슴이 후련해지면서 마음이 편해지고 돌아가신 아버지가 도와주실 것만 같은 생각이 듭니다.

아버지는 그리 많지 않은 땅에 농사를 지으면서 육남매를 키우느라 고생만 하시고 예순둘 아까운 나이에 불의의 사고로 돌아가셨습니다. 돌아가시기 일주일 전에 벌초를 했고, 집안 동생이 개를 잡아서 함께 드셨는데 그 후 정확히 일주일 만에 사고로 돌아가신 것입니다. 어느 분께서는 조상을 모신날 개를 잡아먹었기 때문이라며 노발대발하셨습니다. 그 말씀이 사실이든 아니든 아버지가 돌아가신 것이 너무도 한이 맺혀 그날 이후로 개고기는 입에도 대지 않고 있습니다.

육남매는 공부를 제법 잘했습니다. 다른 사람들 같으면 그것이 자랑거리인데 우리 부모님은 그것이 걱정거리였습니다. 공부를 잘하니 학교에 안 보내기가 너무 아깝다는 생각을 하신 겁니다. 그 당시에는 우리보다도 훨씬 잘사는 사람들도 몇몇 집을 빼고는 중학교만 보내는 것이 당연한 일이었습니다. 그런데 우리 부모님은 공부 잘하는 자식들 때문에 남보다 더 고생을 하셨습니다. 자식들이 공부를 잘하니 땅을 팔아서라도 공부를 시켜야 되는 것 아니냐는 부모님의 대화를 우연히 들은 적이 있습니다. 마음이 울컥했습니다. 그런 부모님이 먹을 것, 입을 것 제대로 못하시면서 그야말로 질곡의 삶을 살았던 것은 당연한 일이었습니다.

술을 좋아하시던 아버지는 마음 놓고 돈 내고 술 한 잔을 사 드시지 못했습니다. 훗날 저와 형, 그리고 둘째 여동생이 공무원으로 일하면서 형편이 나아지자 신작로 삼거리에서 오가는 공무원들을 붙잡고 술을 사주시기에 이르렀습니다. 그때 군청 공무원치고 우리 아버지 술을 안 얻어먹은 사람이 없다고 할 정도였습니다. 아버지는 시골에서는 드물게 자식 셋이 공무원으로 일하니 자랑스러우셨나 봅니다.

그 전까지는 어림도 없던 일이었습니다. 아버지는 자식들 뒷바라지 하느라 변변한 양복 한 벌 못 사 입으셨습니다. 아버지가 양복을 맞춰 입으신 건 회갑잔치 직후였습니다. 제가 모셨던 어느 지사님이 양복 상품권을 회갑 선물로 주셔서 서울까지 올라가 양복을 맞춰 입으셨습니다.

아버지는 귀한 옷이라며 명절에나 입으신 후 장롱에 고이 모셔놓고는 했습니다. 결국 몇 번 입어보지도 못하고 돌아가셨습니다. 아버지는 정말 지지리 복도 없는 분이라는 생각에 지금도 목이 잠기고 가슴이 먹먹해집니다.

벌초는 단순히 잔디를 깎고 잡초를 뽑는 일이 아닙니다. 그것은 돌아가신 어르신들의 힘겨웠던 삶을 생각하며 마음을 곧추세우는 일입니다. 벌초 며칠 전 아버지 제일(祭日)에는 홀로되신 어머니가 편찮으신 관계로 제사를 지내지 못하게 되어 낮에 산소를 찾아 문안 여쭙고 절을 올리고 왔습니다.

벌초를 마치고 돌아설 때면 산자락을 붙잡고 돌아설 줄 몰랐습니다. 그리고 문득 돌아가신 아버지가 절절히 뵙고 싶었습니다. 아버지와 함께 「황포돛대」나 「내 마음 별과 같이」를 목 놓아 불러보고 싶었습니다. 결국 정신나간 사람처럼 혼자 쓸쓸히 「내 마음 별과 같이」를 흥얼거리며 산을 내려왔습니다. 다음 추석에는 산소를 찾아 아버지의 애창곡을 정성을 다해 불러드려야겠다는 생각이 스쳐 지나갑니다. 이제 저도 늙어가나 봅니다.

버리고 산다는 것

중국 당나라 때 국사(國師)였던 승려 혜충(慧忠)이 병석에 눕자 황제가 문병을 와서 "세상을 떠나시면 무엇을 해드릴까요?"라고 물었답니다. 혜충은 무봉탑(無縫塔)이나 하나 만들어달라고 답했습니다. 세상 살다가 생로병사의 길을 가는데 무얼 그리 귀찮게 하느냐는 뜻으로 일갈한 것입니다. 무봉탑은 말 그대로 꿰맨 흔적이 없는 한 개의 돌덩어리로 만든 탑입니다. 우주천하가 다 무봉탑이고 황금덩어리이며 빛인데 무슨 탑이 필요하고 무슨 의식이 필요하냐는 뜻이었습니다.

법정 스님도 입적하기 전 무소유의 유언을 남겼습니다. "장례식은 하지 말고 관도 짜지 말고 입던 옷을 입혀라. 대나무 평상에 내 몸을 올리고 다비하고, 사리는 찾지 말며 재는 오두막 뜰의 꽃밭에 뿌려라"라고 했습니다. 더구나 그동안 풀어놓은 말빚을 다음 생으로 가져가지 않겠다면서 당신의 모든 출판물을 절판(絶版)하라고 했습니다.

법정 스님의 유언에 따라 관이나 상여, 만장이나 장례의식도 없는 다비식이 봉행되었습니다. 수습된 유골은 사십구재 후에 송광사와 길상사 그리고 강원도 오두막집에 뿌려졌다고 합니다. 성철 스님과 더불어 우리가 사는 당대 최고의 고승으로 추앙받아온 스님이 홀연히 자취를 감춘 것을 보니 삶이 얼마나 덧없고 무상한지를 실감하게 됩니다.

석가는 일찍이 삶과 죽음은 구름이 떠돌다 사라지는 것과 같다고 하셨습니다. 법정 스님이 입적한 것은 슬플 것도 기쁠 것도 없는 삼라만상의 자연현상일 따름일지도 모릅니다. 그럼에도 세상 사람들은 김수환 추기경에 이어 또 한 분의 어른을 잃었다는 사실에 애통해했습니다. 그것은 종교를 떠나 두 분의 삶이 우리 모두에게 한 줄기 빛이며 울림이었기 때문일 것입니다.

사람이 살아 있는 한 소유는 반드시 뒤따르게 마련입니다. 불가분적(不可分的) 관계라는 말입니다. 이러한 가운데 무소유를 주창하고 몸소 행한 스님이 세상 사람들의 존경을 받은 것은 지극히 당연한 일입니다. 천억 원이 넘는 대원각(大苑閣)을 시주받아 길상사를 만들고 주지 한 번 지내지 않고 강원도 산골 오두막집에 머문 것은 무소유의 진수였습니다.

법정 스님이 해인사에 머무를 때 어느 아주머니가 팔만대장경에 대한 설명을 듣다가 "저 빨래판 말이냐?"라고 반문했다고 합니다. 이 말에 충격을 받은 스님은 가장 쉽고 담백한 말을 통해 세상 사람들에게 자신의 뜻을 전해야겠다는 생각을 갖게 되었습니다. 『무소유』로 시작되는 수십 권의 저서는 오늘날까지 사람들에게 읽히고 전해지면서 마음의 양식이 되고 있습니다. 삶의 가치를 높여주는 향기로 넘쳐흘렀습니다.

법정 스님이 입적한 후 스님의 책들이 품절이 되었습니다. 20위까지의 베스트셀러 목록에 무려 열다섯 권이나 오르는 진풍경이 벌어졌다고 합니다. 스님의 거룩한 발자취를 돌아보고 비춰보려는 사람들이 많다는 반증이 아닐까 생각해봅니다.

언론에서도 무소유가 오늘을 사는 우리가 접목해야 할 최대의 덕목이라며 난리법석을 떨었습니다. 그러나 가만히 생각해보면 절판이 된다고 해서 사재기를 한 사람도 있다고 하니 참으로 아이러니합니다. 어느 종교 가릴 것 없이 신도들의 돈으로 어마어마하게 큰 건축물을 짓는 일도 비일비재합니다. 무소유가 무엇인지도 모르는 안타까운 일이 아닐 수 없습니다.

법정 스님은 언제나 세상의 어른이었습니다. 유신체제 시절에는 올곧고 바른 소리를 거침없이 토하며 잘못을 꾸짖었습니다. 함석헌 선생 등과 시민단체를 구성하고 유신철폐운동을 펼치기도 했습니다. 그러나 세상을 관조(觀照)하는 폭넓은 경륜과 덕망으로 글을 통해서나 종교의 경계를 넘나드는 행보를 통해 많은 사람들에게 큰 교훈과 감동을 안겨주었습니다. 김수환 추기경과 함께 길상사와 명동성당을 오가며 강론을 하고 성탄절과 석가탄신일 축하 메시지를 전한 것 등이 바로 그것입니다.

이해인 수녀님과 가르침을 주고받은 것도 세간의 화제를 모았습니다. 법정 스님이 입적하시자 이해인 수녀님께서는 추모의 글을 올렸습니다. 소통이 무엇인가를 일깨우고 종교 간의 벽을 허문 의미 있는 행보가 아닐 수 없습니다. 법정 스님은 가진 것 전부를 나누고도 이름조차 알리지 않는 무상보시(無相布施)를 실천했습니다. 어느 출판인은 인세를 독촉해 어찌 스님이 그리 돈을 밝히나 의아해했는데 학생들에게 장학금을 주려 한 것을 알고 큰 감명을 받았다고 했습니다.

법정 스님은 가는 날까지 자신을 버리고 맑고 향기로운 세상을 기원했습니다. 소유로부터 자유로워질 것을 강조하며 무소유의 삶을 살다 간 스님의 참뜻은 다비의 불길 속에서 연꽃처럼 피어나(火中生蓮) 이 세상을 향기롭게 할 것입니다. 스님의 가르침이 오래도록 세상 사람들에게 삶의 가치를 높여주는 길라잡이가 되기를 소망합니다.

맹꽁이 타령

금방이라도 한바탕 소나기가 쏟아질 듯 검은 구름이 낮게 드리운 저녁, 아내와 함께 소화도 시키고 운동도 할 겸 공릉천을 걸었습니다. 유난히 맹꽁이 소리가 요란했습니다. 공릉천을 한 바퀴 돌고 시민농장을 지날 때였습니다. 초등학생으로 보이는 아이 세 명이 맨발로 도랑으로 들어갔습니다. 오리를 잡는다는 것이었습니다. 아마도 맹꽁이 소리가 오리 우는 소리로 들렸던 모양입니다.

"얘들아! 그건 오리가 아니고 맹꽁이야."

"아저씨는 무슨 맹꽁이라 그러세요. 오리가 맞아요."

아이들이 한심하다는 듯 저에게 말했습니다. 아이들은 오리라는 확신을 가진 듯했습니다. 아니 맹꽁이 자체를 모를 거라는 생각도 들었습니다. 모처럼 맹꽁이 소리를 들으니 반가운 마음이 든 것도 사실입니다. 그래서 저도 모르게 애들과 말다툼을 벌이는 맹꽁이 같은 짓을 했는지도 모릅니다.

시골에서 자란 제가 어릴 때만 해도 맹꽁이가 많았습니다. 맹꽁이들이 목 터져라 외쳐대면 틀림없이 비가 왔습니다. 방송국 일기예고보다 더 정확했습니다. 요즘에는 맹꽁이들의 서식처가 많이 사라지고 농약으로 인해 맹꽁이를 만나보기가 어려워졌습니다. 현재 맹꽁이는 멸종 위기 2급으로 지정되어 있습니다.

그런데 최근 저의 고향마을에 5,000마리가 넘는 맹꽁이 서식처가 발견되었다고 합니다. 팔당대교와 미사리 조정경기장 사이 한강 변으로 생태 환경이 좋은 곳입니다. 환경단체에서 3년간 모니터링을 해서 얻은 결과라니 확실할 것이라는 믿음을 갖게 됩니다. 이곳에서 맹꽁이들이 한꺼번에 울어대면 100만 관중이 함성을 지르는 것 같다고 합니다. 우리나라 최대의 맹꽁이 서식처인 것이 분명해 보입니다.

이제는 환경부 보호종으로 지정된 맹꽁이 집단 서식처가 훼손되지 않도록 해야 합니다. 그것도 일시적인 보호책이 아니라 정부 차원에서 영구적이고 실제적인 보존 대책이 마련되어야 할 것입니다. 집단 서식처를 방치하여 맹꽁이가 몽땅 사라지게 하는 맹꽁이 같은 일이 벌어지지 않기를 소망해봅니다.

맹꽁이만 귀한 것이 아닙니다. 사람들도 영악해져서 맹꽁이같이 어수룩한 사람은 찾아보기 힘듭니다. 머리가 좋은 사람은 많아도 넉넉한 가슴을 가진 사람은 찾아보기 어렵게 되었습니다. 약아빠진 사람들이 판치는 세상에 살면서도 가끔 맹꽁이 같은 일을 저지를 때가 있습니다. 그럴 때면 저 스스로를 자책하고 때로 회한에 빠져들기도 합니다.

그런데 나이를 먹다보니 이제는 맹꽁이 같은 일도 주변 사람들에게 웃음을 줄 수 있어 좋다는 바보 같은 생각을 할 때가 있습니다. 그때마다 어릴 적

즐겨 보던 『맹꽁이 서당』이라는 만화가 떠오릅니다. 간결한 그림으로 조선 시대 학동들에게 역사를 가르치는 과정에서 벌어지는 일들을 해학적으로 그린 만화입니다. 맹꽁이 서당에는 사고뭉치도 있지만 잔꾀가 많은 학동도 등장합니다.

그들이 벌이는 장난질은 대개 황당하지만 제법 그럴듯한 기지와 풍자, 유머도 번득입니다. 이 만화는 딱딱한 역사적 사실들을 재미있게 그려내고 흥미를 더해준다는 데 의미가 있습니다. 중요한 것은 맹꽁이 서당에는 맹꽁이 같은 일뿐만 아니라 세상에 대한 풍자와 해학, 그리고 역사의식과 철학이 담겨 있다는 사실입니다.

맹꽁이 서당 학동들이 사랑스러운 것은 나름대로의 삶을 통해 세상일을 해학으로 풀어 사람들에게 웃음을 안겨주기 때문입니다. 각박한 세상에서 맹꽁이 같은 말이나 행동이 오히려 주위 사람들에게 웃음을 주고 긴장감을 녹여주는 역할을 하기도 합니다. 저의 맹꽁이 같은 행동도 그러할 것이라고 믿으며 살아가는 오늘이 그저 행복하기만 합니다.

대성동 이야기

세상에는 하나밖에 없는 것이 많이 있습니다. 그것은 사람일 수도 있고, 문화유산일 수도 있으며, 해와 달처럼 천체의 일부일 수도 있습니다. 파주 땅의 대성동 마을은 세상에 하나밖에 없는 특별한 곳입니다. 우리나라에는 세상에서 유일무이한 비무장지대(DMZ)가 있습니다. DMZ는 말 그대로 민간인이 살지 못하고 군인들도 무장을 할 수 없는 통제구역입니다. 그런데 DMZ 구역 내에 버젓이 민간인들이 살고 있습니다.

대성동은 6·25전쟁이 휴전되던 해 남북이 DMZ 내에 마을을 하나씩 두기로 합의해 존치된 마을입니다. 이 협정에 따라 원래 이곳에 살던 사람들이 눌러살게 된 것입니다. 마을 북동쪽으로 1킬로미터만 가면 우리가 잘 알고 있는 판문점이 있고 불과 400미터 거리에 군사분계선이 있습니다.

군사분계선에서 400미터 떨어진 곳에는 북한의 DMZ 민간인 거주지역인 기정동이라는 마을이 있습니다. 대성동과 기정동의 거리는 800미터에 불과해 육안으로도 보일 정도입니다. 팔각정에 오르면 북한 주민과 큰 소리로 말을 주고받을 만큼 가까운 곳입니다.

대성동에 펄럭이는 태극기 높이는 100미터인데 기정동에 나부끼는 인공기는 그보다 58미터가 더 높다고 합니다. 대성동 사람들은 유엔군 사령부의 통제를 받고 있습니다. 그래도 참정권이나 교육을 받을 권리는 대한민국 법률의 적용을 받고 있어 별 어려움이 없습니다. 오히려 국방과 납세의무를 면제받는 특권을 누리고 있습니다.

이곳을 출입하려면 일일이 신분 확인을 거친 후 공동경비구역(JSA) 군인들의 안내를 받아야만 합니다. 통행금지도 있습니다. 군사분계선 가까운 곳은 마을 사람들조차 군인들의 보호 아래 영농을 해야 합니다. 가장 가까운 북한 초소가 200미터밖에 안 되니 그럴 만도 합니다.

13년 전쯤 마을주민 두 명이 도토리를 줍는 데 열중하다가 군사분계선을 넘어 북한군에게 끌려간 일도 있었습니다. 철조망이 다 녹슬어 경계구분이 불가능했다는 것입니다. 며칠 후 풀려난 주민은 지금도 놀란 가슴을 쓸어내리며 이곳에 살고 있다고 합니다. 그리고 판문점 도끼만행사건이 발생했을 때는 통행이 전면 금지되어 전쟁이 난 줄 알고 공포에 떨었습니다.

50가구 200여 주민들은 대부분 벼농사를 짓습니다. 평균 경작 규모가 9헥타르를 넘으니 부농인 셈입니다. 한 배미가 만 평인 큰 논도 있습니다. 마을 이장이 직접 만든 것이라며 자랑했지만 미수복 지역이라서 소유권은 가질 수 없다고 합니다.

이 작은 마을에는 초등학교도 있습니다. 분단의 현장을 지키고 있는 대성동초등학교는 학생이 적어 폐교가 될 뻔했습니다. 2년 동안 졸업생이 없었으니 당연한 일입니다. 그러나 이 학교가 가지는 상징성 때문에 각계의 지원으로 위기를 넘겼고, 지금은 입학 경쟁이 치열한 명문학교로 자리매김했습니다. 정원 30명이 다 찼는데도 전학 문의가 많다고 합니다.

요리 시간도 있고, 연극반이나 컴퓨터 자격증반 같은 특별활동에 문화공연부터 스키 강습에 이르는 현장학습도 활발하게 이뤄진다고 합니다. 원어민 교사가 있는 영어교육은 사교육 못지않다고 들었습니다. 교사가 17명이니 학생들은 개인교습을 받고 있는 셈입니다. 60년 동안 그대로 보존된 주변 환경도 빼어나 명품학교라는 말에 전혀 손색이 없습니다. 2009년에 DMZ국제다큐멘터리영화제가 처음 열리면서 마을회관에 영화관도 생겼습니다.

북한 사람들과 공유하는 것도 있습니다. 대성동 외곽을 돌아 흐르는 사천강입니다. 마을 이장이 이곳 물고기는 먼저 잡아먹는 사람이 임자라며 껄껄 웃고는 합니다. 그 소리를 들으니 점심으로 나온 매운탕 맛이 새롭게 느껴졌습니다.

마을 사람들은 대성동에도 관광객이 자유롭게 찾아올 수 있도록 했으면 좋겠다고 합니다. 우선 대성동을 소개할 수 있는 단편 영화가 만들어졌으면 좋겠다고 합니다. 농한기에는 일이 없어 여성들은 우울증이 생길 정도라며 운동기구가 있는 체육공원도 있었으면 좋겠다고 입을 모았습니다. 농로가 좁아 농기계 사용이 불편하니 농로를 확장해주었으면 하는 말도 이어졌습니다.

대성동을 나오는 길가에는 아름다운 꽃들과 나무들이 손을 흔들며 서 있었습니다. 북한 선전마을 기정동은 개성공단으로 인해 외형적으로 많이 커져서 상대적으로 대성동이 왜소해보입니다. 반세기 넘도록 많은 통제 속에서 자유의 마을 대성동을 지키며 살아온 주민들을 위해 정부 차원의 특단의 조치와 배려가 필요한 대목입니다. 6·25전쟁이 끝난 지 60년이 넘었습니다. 지금은 대성동 주민들이 희망을 잃지 않고 살아갈 수 있도록 해야 할 때라는 생각이 듭니다.

다듬이질 소리의 비밀

다듬이질은 옷이나 옷감을 방망이로 두드려 반드럽게 하는 일입니다. 그뿐만이 아니라 어려웠던 시절을 살던 우리네 어머니들이 말 못할 심정을 달래는 일이기도 했습니다. 다듬이질할 때 방망이를 두드리는 소리의 강약이 가슴속에 숨겨져 있는 마음의 표현이었습니다. 사람들은 다듬이질 소리를 들으며 다듬이질하는 아낙네들의 심정을 가늠할 수 있었습니다.

다듬이질 소리는 우리네 어머니들의 애환을 녹이는 소리였습니다. 우리네 어머니들은 케케묵은 가부장제와 남존여비라는 관습에 억눌리고 시집식구의 눈치를 보며 살아야만 했습니다. 말도 못할 스트레스를 받으며 살았던 것입니다. 그 울분이 원한으로 맺히기 전에 분출시킬 수 있는 것이 다듬이질이었습니다. 다듬이질 소리가 깊은 밤일수록 요란했던 것은 그만큼 맺힌 사연이 구구절절했다는 뜻입니다.

그래서 다듬이질 소리를 가만히 귀 기울여 들으면 무언가 애원하고 하소연하는 듯 들렸는지도 모릅니다. 때로 달빛을 타고 들려오는 다듬이질 소리는 제법 운치가 있는 가락이기도 했습니다. 할머니와 어머니가 마주 앉아 양손에 방망이를 들고 박자를 맞추어 두드리는 소리는 정말 절묘하고 신 나는 가락이었지요.

다듬이질은 마음이 하나가 되지 않으면 속도와 박자를 맞출 수가 없습니다. 어느 한쪽이 자칫 방심하면 박자는 깨지고 네 개의 방망이가 섞여 치다 보면 방망이끼리 부딪치기도 했습니다. 피도 섞이지 않은 두 여인이 한집안으로 시집와서 시어머니가 되고 며느리가 된 것은 운명이었습니다. 어쩔 수 없는 숙명을 짊어지고 살다보니 고운 정 미운 정이 가슴에 쌓여 한(恨)으로 뭉쳐졌을 것입니다. 그래서 방망이를 움켜잡고 응어리진 한을 깨부수기라도 하듯 어금니를 질끈 물고 내리치면서 알 수 없는 서러움에 가슴속으로 눈물을 흘렸을지도 모릅니다.

유년 시절, 고단한 몸을 이끌고 산자락 참외밭 원두막에 올라 현란하게 날아다니는 반딧불을 보며 별을 헤던 밤, 때로 멀리서 다듬이질 소리가 들려왔습니다. 그 아련하게 들려오는 다듬이질 소리에 눈을 감으면 희미하게 어머니 얼굴이 떠올랐습니다. 달빛을 타고 들려오는 다듬이질 소리는 눈을 감으면 더욱 크게 들리는 듯했습니다. 그 소리를 들으며 나도 모르게 꿈나라로 빠져들곤 했습니다.

겨울밤이면 화롯가에 둘러앉아 군밤이나 군고구마를 까서 먹으며 다듬이질 소리를 들었습니다. 어머니는 아무 말 없이 우리를 바라보며 빙그레 웃으셨지만, 어머니 이마에 맺힌 땀방울을 보면 다듬이질로 지치셨다는 걸 눈치챌 수가 있었습니다. 잠시 쉬면서 함께 군고구마를 드시던 어머니는 가끔 옛날이야기를 들려주시기도 했습니다. 그 순간이 때로 꿈결같이 느껴지기도 했습니다. 그러다가 나도 모르게 어머니의 무릎을 베고 스르르 잠이 들었습니다.

그 시절에는 달빛 교교한 마루에 앉아 다듬이질을 하시던 할머니와 어머니의 모습이 신비롭게 보였습니다. 때로 방망이 소리가 커지면 무언가 못마땅하거나 화나는 일이 생겼구나 하고 짐작했습니다. 다듬이질로 다듬어진 옷감은 우리 가족의 옷이 되었습니다. 어머니의 손길로 만들어진 옷과 따스한 사랑이 있어 가난을 이겨낼 수 있었습니다. 이젠 다듬이질 소리가 유년의 기억 속에 남겨진 추억의 소리가 되었습니다. 오늘 문득 어머니의 다듬이질 소리가 그립습니다.

눈 오는 날

눈이 내립니다. 창밖 기척에 닫힌 문을 열고 보니 눈이 내려 쌓이고 있습니다. 포근합니다. 차가웠던 마음이 녹아내리는 듯합니다. 세상을 덮고 또 덮는 것은 눈이 아니고 마음인 듯 눈이 맑아지고 생각이 맑아지고 근심 걱정이 사라집니다.

길을 나서고 싶어집니다. 아무도 가지 않은 그 길에는 수많은 기억들이 저마다 일어나 반길 것입니다. 새로운 꿈과 희망을 안겨줄 것입니다. 살아가는 일이 아무리 버거울지라도 눈을 바라보면 언젠가는 눈처럼 깨끗하고 거짓 없는 마음으로 살아갈 수 있으리라는 꿈을 가지게 됩니다. 그러나 일상의 벽에 부딪쳐 이러한 꿈이 모두 이루어지기는 어려운 것이 현실입니다. 그러면 어떻습니까. 눈처럼 하얀 마음으로 살아보고 싶다는 생각을 해보았다는 사실 자체가 가치 있는 일이지요.

눈 오는 날은 마음이 따뜻하고, 넉넉하고, 아늑하고, 겸손하고, 밝고, 상큼하며 군더더기 없이 깔끔합니다. 산다는 사실이나 살아가는 이유 같은 것을 굳이 따지지 않고 넘어갈 수 있는 날입니다. 세상을 살아간다는 것이 더없이 행복한 일이라는 마음이 드는 날입니다. 눈 오는 날은 그 자체로 사랑이고 축복입니다.

눈 오는 날에는 어김없이 유년 시절의 고향 생각이 떠오릅니다. 유난히도 조용한 겨울밤이 있었습니다. 그런 밤에 하염없이 눈이 내렸습니다. 하릴없이 짖어대던 강아지도 잠들고, 휘몰아치던 바람도 동네 어귀를 지켜선 고목나무 가지에 누워 잠들었는지 조용했습니다. 참으로 이상했습니다. 멀수록 더욱 아름다운 세상. 문을 열고 너무도 조용한 산과 들을 바라보았습니다. 사람들이 사는 세상이 이렇게 조용할 수도 있다는 사실이 더없이 신기했습니다.

강아지는 그렇다 치고 새들은 다 어디로 갔을까. 가끔씩 소리 내던 소도 외양간에서 먹이를 되씹으며 커다란 눈망울만 굴릴 뿐 아무런 기척이 없었습니다. 워낭소리조차 들리지 않았습니다. 이러다가 세상이 하얗게 사라져버리는 것은 아닐까 하는 뜬금없는 생각이 들었습니다.

그런 날이면 어김없이 눈 속에 파묻혀 하얀 날개를 펴고 하늘을 날아다니는 기분 좋은 꿈을 꾸었습니다. 이런 기억이 남아 있기 때문일까요. 두런대는 소리에 잠이 깨어난 후에도 간밤에 내린 눈을 쓸어내지 못하고 먼 하늘만 바라보던 기억이 새롭습니다.

세상이 시끄럽다고들 난리입니다. 뭐 한 가지 제대로 되는 일이 없다면서 세상이 온통 들끓고 있습니다. 북한 정세의 변화 또한 초미의 관심사로 떠오르고 있습니다. 사람들의 근심 걱정이 이만저만이 아닌 듯합니다. 그뿐만이 아닙니다. 이념의 차이에서 오는 갈등과 반목 속에 정치판의 싸움이 한도 끝도 없이 이어지고 있습니다. 모두들 살아가는 일이 버거워지자 예전보다 심한 대립과 투쟁이 벌어지고 있는 듯합니다.

그러나 어려울 때일수록 자기 자신의 마음을 가다듬고 한 발짝 뒤로 물러서서 관조하며 살아가는 여유가 필요합니다. 눈 오는 날이 바로 이런 여유가 되살아나는 날입니다. 잠시 버거운 삶의 굴레를 벗고 꿈의 나래를 펴기에 좋은 날입니다. 그 꿈은 이루어지지 않는 것이라도 좋습니다. 꿈은 그 자체로 행복한 일이기 때문입니다.

눈 오는 날에는 눈이 되어 날아보고, 날다가 지치면 나뭇가지에 앉아 쉬었다가 또 다른 세상으로 날아가 보는 것도 좋을 듯합니다. 아름다운 세상은 마음속에 있습니다. 눈 오는 날에는 마음의 문을 활짝 열어야 합니다. 그곳에 오래도록 하얀 눈이 내리고 또 내려 쌓일 것입니다. 새록새록 아름다운 꿈들이 눈처럼 가득가득 쌓일 것입니다.

누에가 고치를 짓듯

서리 덮인 기러기 죽지로

그믐밤을 떠돌던 방황도

오십령 고개부터는

추사체로 뻗친 길이다

천명(天命)이 일러주는 세한행(歲寒行) 그 길이다

유안진, 「세한도 가는 길」 부분

시집 한 권을 선물 받았습니다. 한강과 임진강이 만나는 교하 땅 파주출판도시에 계시는 분이 글 쓰는 사람에게는 책 선물이 제격이라며 주셨습니다. 전업 작가도 아닌데 글 쓰는 사람이라는 말을 들으니 그저 민망스럽기만 했습니다.

선물은 서로의 마음을 주고받는 일입니다. 책은 주고받는 사람 모두에게 의미 있는 선물입니다. 천년을 간직할 수 있는 것이라면 더더욱 그러할 것입니다. 원로 시인 유안진 님의『세한도 가는 길』은 또 다른 차원의 격을 갖춘 시집이라는 생각이 들었습니다. 더구나 그분의 단아한 이미지에 걸맞게 한지로 이루어진 책이었습니다.

우리나라에 하나밖에 없다는 활판공방에서 한정판으로 만들어진 것입니다. 누에가 고치를 짓듯이 납으로 된 글자 하나하나를 집어내는 활판 인쇄기를 이용하여 책을 만들었습니다. 아주 원초적인 옛날 방식으로 만든 것입니다. 한지로 만들어진 책은 천년이 간다고 합니다. 한정판에 고유번호가 있고 저자의 친필 사인과 인장이 날인되어 있으니 정말 귀한 책입니다. 한마디로 품격이 높은 책입니다. 첨단인쇄를 거친 책과는 비교가 안 되는 가치를 지녔으므로 책값이 비싼 것은 당연한 일입니다.

훗날 이 책을 하나밖에 없는 아들 녀석에게 물려줄 생각입니다. 삭막하고 버거운 세상살이 속에서도 한지에 담겨 있는 시 한 수를 읊조릴 수 있는 여유를 전해주고 싶습니다. 아들 녀석이 이 책을 대물림하고 또 대물림해서 천년 세월이 흐르면 역사적으로나 문화적으로나 그 가치는 더욱 소중해질 것입니다.

세상에는 참으로 소중한 것이 많습니다. 그 중에서도 세상에 하나밖에 없는 사물의 가치는 대단합니다. 파주출판도시에 있는 활판공방은 이러한 측면에서 가히 국보급입니다. 글자의 원형인 원도(原圖)가 있고 자부(字父)와 자모(字母)가 있습니다. 납 글자를 찍어내는 수동주조기도 있습니다. 인쇄의 모든 공정이 손으로 이루어지고 한지와 잉크에서 풍겨 나오는 고유한 냄새가 공방의 정취와 향기를 더해주고 있습니다.

이곳에서 일하는 사람들도 대부분 연세가 지긋합니다. 원도를 그려내고 외솔 선생과 최초의 국정교과서를 펴낸 분은 고령으로 은퇴했고, 일흔 되신 분이 글자를 조합하고 있습니다. 고전적인 모습 그 자체입니다. 두꺼운 안경테에 깊은 주름이 연륜을 짐작하게 해주는 공방의 다른 분들도 마지막 명품을 빚는 마음으로 묵묵히 일하고 있습니다. 이분들이 떠나면 과연 대를 이어 활판공방을 지킬 사람이 있을까 하는 걱정도 됩니다.

이러한 일은 엄청난 정성과 노력에 비하면 경제적 가치는 높지 않습니다. 오히려 경제적 측면에서는 기대 이하일 수도 있습니다. 그럼에도 이러한 일을 하는 사람들이 있다는 것은 대단하고 존경받을 만한 일입니다. 남다른 사명감과 역사문화를 지키고 가꾸고 보존시켜나가겠다는 열정이 살아 있는 소중한 사람들입니다. 사라진 것들이 그립고 아름다운 것은 다시는 볼 수 없는 아쉬움이 녹아 있기 때문입니다. 이러한 연유로 사람들은 우리의 문화유산을 지키고 가꾸는 일에 갖은 정성을 기울이고 있는지도 모릅니다.

이러한 일은 정부에서도 관심을 갖고 지원을 해주어야 한다고 생각합니다. 무형문화재로 지정하는 일 등이 바로 그것입니다. 우리의 인쇄문화가 세계에서 가장 앞선 것이라고 자랑을 하면서도 방치해온 것이 사실이지요. 그런데 뜻있는 분이 전국을 돌며 수집한 인쇄 장비로 활판공방을 마련한 것은 정말 대단한 일이 아닐 수 없습니다. 지금도 그윽한 향기가 배어 있는 한지에 엎드려 눈망울을 굴리고 있는 활자들이 당장이라도 뛰쳐나올 듯합니다.

이곳을 거쳐 나온 책들은 화려하지는 않지만 소박하면서도 우아한 장정(裝幀)과 다소 투박하면서도 단아하고 고고한 자태를 간직하고 있습니다.

사람들은 이러한 가치를 높이 평가합니다. 한 권의 책이 천 살이 되면 그 자체로 역사요, 문화 향기가 아닐까 합니다. 천년을 간직할 수 있는 책을 가져 보는 일은 행복한 일입니다. 세상에 하나밖에 없는 활판공방을 찾아보는 것도 의미 있는 일입니다. 그것은 또 다른 문화적 가치와 삶의 향기 가득한 기쁨 넘치는 시간이 될 것입니다.

날궂이하다

"형! 별일 없으면 날궂이나 합시다."

비가 억수로 내리는 날, 친구 녀석한테서 메시지가 왔습니다. 옳다구나 했습니다. 안 그래도 폭우가 쏟아져 마음도 심란하고 출출하던 차에 잘됐다 싶었습니다. 비가 오는 날은 기분이 꿀꿀하고 을씨년스럽습니다. 아니 추적 추적 비가 내리면 괜스레 우울하기까지 합니다. 그래서 비가 오는 날이면 그냥 혼자서 주절주절 청승을 떠는 사람들이 생겨나는 것인지도 모를 일입니다. 우리 조상들은 비가 오는 날이면 부침개를 부쳐놓고 막걸리를 벗 삼으며 세상살이를 달관한 사람처럼 시간을 보냈다고 합니다. 날궂이는 바로 이런 것입니다.

비를 맞으며 하염없이, 아니 미친 듯이 길거리를 헤맨 적이 있었습니다. 사춘기 시절, 넉넉지 않은 가정 형편 때문에 여러 가지로 마음고생이 많았던 그때는 회뿌연 안개비처럼 앞이 보이질 않았습니다. 그렇다고 달리 뾰족한 묘수도 없었습니다. 그저 비를 흠뻑 맞으면 속이라도 후련해지겠지 하는 기대가 빗속을 달리게 했습니다. 허탈한 마음을 달래보려는 철없는 행동이었지만 텅 빈 마음은 그대로였습니다. 애꿎게 옷만 적시고 돌아오면 어머니의 호통소리가 이어졌습니다. 그 후에도 가끔 비를 맞으며 청승을 떨던 일들이 지금도 젖은 옷처럼 축축한 기억으로 남아 있습니다.

날궂이를 하자는 메시지를 접하고 한걸음에 달려간 곳은 시청 뒤 실내 포장마차였습니다. 반백의 친구 녀석은 이미 소주 한 병을 시켜놓고 마음씨 좋은 아저씨처럼 실실 웃으며 앉아 있었습니다. 기본 안주인 달걀말이와 미역국이 나오기도 전에 소주 석 잔이 비워졌습니다.

사회에서는 서너 살 차이는 친구로 지낸다고들 합니다. 이 친구는 만난 지 30년이 다 되어갑니다. 그런데 저와는 나이가 한 살밖에 차이가 안 나는데도 형이라고 부릅니다. 저도 그 친구 이름 끝자락에 형이라는 호칭을 붙여 부르고 있습니다. 둘이 만나면 소주 세 병은 기본이고 때론 다섯 병 정도가 비워져야 술자리가 끝납니다.

속칭 2차를 가자고 객기를 부리는 일은 거의 없습니다. 어쩌다 자리를 옮기게 되면 그때도 포장마차나 생맥주집이 고작입니다. 돈이 없어서가 아닙니다. 친구끼리 마실 때는 포장마차도 충분하다는 생각을 함께했을 뿐입니다. 사업을 하는 친구 대신 월급쟁이인 제가 계산을 할 때도 전혀 부담이 없다는 장점도 있습니다.

흔히들 경상도 남자는 화끈하고 의리가 있다고 합니다. 부산이 고향인 이 친구도 말이 통하는 데다 쓸데없는 소리를 잘 안 하고 소탈하며 뒤끝이 없습니다. 언젠가 사업 실패로 부도 직전에 놓였을 때도 흔들림 없이 초심을 잃지 않고 산중에서 마음을 가다듬을 정도로 내공이 만만치 않은 친구이기도 합니다.

산전수전 다 겪은 그는 나이보다 훨씬 깊은 생각과 폭넓은 몸짓을 보여주고 있습니다. 거칠 것 없는 그의 호탕한 웃음소리는 압권입니다. 웃는 모습이 티 없이 맑아 천진난만하다는 느낌마저 갖게 됩니다. 그러나 옳은 말을 할 줄 아는 경상도 남자의 기질로 가끔 직설적으로 일갈할 때는 무섭기까지 합니다. 이러한 그의 진정성과 올곧은 기개(氣慨)와 몸짓이 그에 대한 신뢰와 존경의 마음을 갖게 하는지도 모릅니다.

모처럼의 날궂이는 퍼붓는 소낙비처럼 그저 후련하기만 했습니다. 한 가지 아쉬운 것은 날궂이를 하면서도 나라 걱정을 해야만 한 것입니다. 요즈음에는 비가 내리지 않아도 날궂이하는 사람들이 많다고 합니다. 여러 가지 국민적 갈등과 불만이 술판으로 이어지기 때문입니다. 소주잔을 기울인다고 해결될 일은 아닌 듯합니다. 하지만 오죽 답답하면 멀쩡한 날에도 날궂이하는 사람이 늘어날까 걱정도 됩니다.

오랜 가뭄으로 가축들이 폐사(斃死)하고 팔당댐에 녹조가 발생하여 수돗물에서 악취가 나는 등 많은 피해가 속출했습니다. 국제적으로 불어닥치는 경제 문제도 만만치 않아 보입니다. 이래저래 날궂이하는 사람들이 늘어납니다.

경제도 살아나고 들끓는 민심도 수그러들었으면 합니다. 국민이 나라를 걱정해야 하는 일은 없어졌으면 좋겠습니다. 정치와 경제 등 모든 분야가 물 흐르듯이 순조로워야만 합니다. 그래야 멀쩡한 날 날궂이하는 사람들이 사라질 것입니다. 걱정 없이 웃으며 지낼 수 있게 되면 '날궂이'란 말은 전설로나 남을 겁니다.

〈나는 가수다〉를 보며

날 세상에서 제대로 살게 해줄 유일한 사람이 너란 걸 알아. 나 후회 없이 살아 가기 위해 너를 붙잡아야 할 테지만…… 난 위험하니까 사랑하니까 너에게서 떠나줄 거야.

〈나는 가수다〉란 방송 프로그램에서 임재범이 부른「너를 위해」의 노랫 말 중 일부분입니다. 그날 마지막에 출연한 임재범을 보고 많은 사람들이 놀랐습니다. 아마도 평소 방송에 얼굴을 내밀지 않았었기 때문이라는 생각 이 들었습니다. 듬성듬성하게 자란 수염에 비장함마저 느껴지는 눈빛, 이미 그는「사랑보다 깊은 상처」에서 보여준 폭발적인 가창력으로 그 존재감을 만천하에 보여줬습니다.

'나가수'에서 그는 다시「너를 위해」한 곡으로 그의 저력을 확인해주었 습니다. 사람들은 할 말을 잊은 듯했습니다. 넋이 나간 듯 보이거나 하염없 이 눈물을 흘리는 사람도 있었습니다. 역시 그의 카리스마는 대단했습니다.

그만의 음색은 독보적이고 처절하기까지 하다는 생각이 들었습니다.

노래를 마치고 나온 그가 윤도현을 와락 끌어안으며 "로큰롤 베이비"라고 한마디 던지더군요. 윤도현을 베이비라고 부르는 가수가 있었다니 그저 놀라울 따름이었습니다. 그와 함께 「사랑보다 깊은 상처」를 듀엣으로 불렀던 박정현도 감격해하는 모습이었습니다. 그에 대한 신비감마저 갖고 있는 듯했습니다.

그런 그가 그다음 경연에서 「빈 잔」이라는 트로트 가요를 록 버전으로 불렀습니다. 큰 북과 함께 코러스를 하는 여가수도 등장한 열정적인 무대가 청중을 완전히 사로잡았습니다. 그런데 곧바로 실신해 병원으로 실려 갔다는 소식이 전해졌습니다. 하루 3시간밖에 자지 않고 연습을 했다는 겁니다.

아내가 갑상선암으로 투병 중인데 그는 그동안 우울증과 조울증으로 가장 노릇을 제대로 못하며 무기력하게 살았답니다. 대인기피증까지 있어 직업이 가수인데도 노래를 하지 않아 월수입이 저작권으로 받는 100만 원 정도였다고 합니다. 그러나 결국 투병 중인 아내와 딸을 위해 '나가수' 출연을 결심했고 아내와 고통을 함께하기 위해 삭발을 했습니다. 그의 노래가 감동을 주는 것은 바로 이 같은 삶의 애환이 절절하게 묻어나기 때문일 겁니다. 삶의 근원까지 송두리째 뽑아내는 격정적인 소리와 절규하는 몸짓을 보면 숨이 막히고 온몸이 굳어지는 전율을 느끼게 됩니다.

그만이 그런 게 아닙니다. '나가수'에 출연한 가수들이 혼신을 다해 부르는 노래를 들으면 온몸으로 느껴지는 감동에 몸서리치게 됩니다. 가수로서의 자존심과 가수로서의 생명을 걸고 사력(死力)을 다하는 열정이 느껴집니다. 마치 경전(經典)을 듣는 듯한 착각이 들기도 합니다. 순위를 떠나 그 자체로 최고라는 생각이 듭니다.

사실 '나가수'에 출연하는 가수들 면면이 톱 가수 반열에 오른 사람들입니다. 최고의 가수를 불러놓고 평가하는 것 자체가 모순일 수도 있습니다. 그런데도 이 프로그램이 큰 반향을 불러일으킨 건 예상 밖의 일입니다. 극적인 걸 좋아하는 우리나라 국민성 때문일지도 모릅니다.

그럼에도 학생이 교수를 평가하는 것 같아 민망하다는 생각도 드는 게 사실이지요. 저도 가끔 심사위원장으로 일할 때가 있지만 회의 운영만 했지 한 번도 평가를 해본 일은 없습니다. 스스로 전문 지식이나 식견이 부족하다는 걸 너무도 잘 알고 있기 때문입니다. '나가수'에서의 평가단은 과연 어떤 생각을 갖고 평가했는지 궁금하기만 합니다.

가수 김광석이 이런 말을 남겼습니다. "나는 가수다. 가수는 노래꾼이다. 노래로 밥 먹고 잠자고 꿈꾸며 살아간다. 나는 매일같이 라이브 무대에 서고 싶다." '나가수'를 보면서 문득 '나는 누군가?'라는 화두를 던져봅니다. 분명 제 삶에도 보이지 않는 경연이 벌어지고 있고, 당연히 평가단이 있을 것이라는 생각이 듭니다. 김광석이 서고 싶다던 라이브 무대는 오늘을 살아가는 제 삶의 매 순간일 것이라고 생각합니다. '나가수'의 가수들처럼 매 순간 사력을 다한다면 스스로 만족하고 스스로의 삶에 감동받는 그런 인생이 될 것입니다. '나가수'를 보는 이유가 여기에 있습니다.

글 모르는 죄

"나는 좋으면서 눈물이 나왔다. 열다섯에 입는 교복을 육십에 입었다."

"글 모르는 죄, 내가 지은 것도 아니지만 시집와 꼼짝 못하고 기죽어 살면서도 그렇게만 살아가야 되는 줄 알았습니다."

"내 나이 65세 시작한 공부, 시간아 오지도 가지도 마라. 나는 배우고 싶은 것이 너무 많아 마음이 바쁜데 세월마저 쫓아오면 내 마음 어쩌라고, 나는 학생이라 공부할 게 많다. 시간아 멈추어다오."

한글을 모르고 살아온 어르신들이 문해(文解) 교육을 통해 글을 배운 솜씨를 발휘해 시화전(詩畵展)을 열었습니다. 자그마치 250점이나 출품되었는데 하나같이 질곡의 삶이 투영되어 있습니다. 두 시간 넘도록 작품을 보면서 저도 모르게 눈물이 나왔습니다.

너무도 어려웠던 시절 제대로 먹지도 입지도 못하고 오직 자식들을 위해 살아온 어르신들의 모습이 떠올랐기 때문입니다. 죽도록 고생만 하다 형편이 나아질 무렵 예순둘 젊은 나이에 돌아가신 아버지와 홀로 남아 고생하다 돌아가신 어머니의 얼굴이 떠올랐습니다.

어르신들의 삶은 한마디로 질곡의 역사요, 생존을 위한 처절한 몸부림이었습니다. 암울했던 일제 치하에 태어나 모진 학대를 받으며 살았고 피비린내 나는 참혹했던 6·25전쟁을 겪어내야만 했습니다. 전쟁이 끝난 폐허 속에서 허기진 배를 움켜쥔 채 허리띠를 질끈 동여매고 잘살아 보겠다는 일념으로 구슬땀을 흘렸습니다.

그뿐만이 아니라 외화벌이를 위해 월남전에 참전했는가 하면 이역만리 독일에 가서 광부나 간호사로 일했습니다. 열대지방 중동의 건설 현장에서 피눈물 나는 사투를 벌이기도 했습니다. 심지어는 머리칼을 잘라 만든 가발을 수출하는 눈물겨운 일도 있었습니다. 어르신들의 처절한 삶의 의지와 정성과 노력이 결실을 맺어 오늘의 살기 좋은 세상이 되었다고 생각합니다.

아들을 교도소에 보낸 어느 어머니의 눈물겨운 이야기가 생각납니다. 하나밖에 없는 아들이 한 번의 실수로 죄를 짓고 수감생활을 하게 되었습니다. 아들 녀석 면회를 몇 차례 갔더니 "어머니! 힘드시니 오지 마세요" 하더라는 겁니다. 먼 길을 찾아오는 연로한 어머니가 안쓰러웠던 것입니다. 어머니는 글을 읽을 줄도 쓸 줄도 몰랐지만 아들에게 편지를 쓰기 위해 밤을 새워가며 한글을 배웠다고 합니다. 아들에게 배달된 첫 번째 편지를 받은 아들은 어머니의 정성에 감동받아 밤새도록 울었다고 합니다.

어머니는 어떠한 희생이 뒤따르더라도 자식들을 위해 온몸을 바칩니다. 오직 자식에게 편지를 쓰겠다는 일념으로 밤을 지새우며 글을 배우신 분이 우리의 어머니이고 아버지입니다. 그런데 오늘이 있기까지 몸과 마음을 다

바쳐 살아온 어르신들이 세상에서 소외되고 있는 것은 참으로 안타까운 일입니다. 소달구지가 손수레에 이은 자동차에 떠밀려 골동품이 되어버린 것처럼 오늘이 있게 한 주역인 어르신들이 뒷전으로 떠밀리고 있습니다. 어르신들은 우리들의 어머니요 아버지이며, 오늘의 우리나라를 지탱해온 버팀목입니다.

그분들이 제대로 대접받지 못하고 뒷전을 지켜야만 하는 것은 안타까운 일입니다. 글을 모르고 살아온 어르신들의 애환이 서린 시화전은 감동 그 자체였습니다. 오늘을 사는 우리가 잊지 말아야 할 것이 많이 있지만, 온갖 어려움을 눈물로 잠재우면서 자식들을 뒷바라지하신 어르신들의 고마움을 잊어서는 안 될 것입니다.

마음 열기는 내려놓는 것

사람들의 관계 속에서 생겨나는 입장이나 의견의 차이를 좁히는 방법으로는 소통이 제일입니다. 누구나 소통이 중요하다고 말하지만 제대로 소통하며 살아가는 사람은 찾아보기 어려운 것이 현실입니다. 마음을 열어야 소통이 된다는 걸 모르기 때문입니다.

마음을 연다는 건 쉬운 일이 아닙니다. 그것은 내려놓는다는 것과 일맥상통합니다. 내려놓는다는 건 상당한 수련을 거치고 내공이 쌓여야 가능한 일입니다. 그런데도 사람들은 마음을 내려놓았다는 말을 너무 쉽게 내뱉고는 합니다.

흔히들 거짓과 진실 사이의 간극은 당사자 외엔 누구도 알 수 없다고 합니다. 그러나 당사자 스스로도 거짓인지 진실인지 모를 때가 있습니다. 거짓을 오래도록 마음에 담아두면 그것이 진실이라는 착각마저 갖게 됩니다. 이렇게 되면 거짓과 진실 사이의 간극을 좁히는 일은 사실상 불가능하게 됩니다. 거짓을 진실이라고 믿는 사람과 대화를 나누는 것은 시작부터 잘못된 일입니다. 문제는 마음이 굳게 닫혀 있어 어느 누구도 상대의 의견을 포용하려 들지 않는 데 있습니다.

내려놓는다는 건 힘든 일입니다. 마음을 여는 것도 쉬운 일은 아니지요. 저 역시 마음을 열어놓지 못하고 문(門)만 열어놓고 지냅니다. 사무실 문을 열어놓기 시작한 것은 과천에서 일할 때부터입니다. 문을 열어놓으면 좋은 점이 많습니다. 밖에서 직원들이 보고 있으니 낮잠을 잔다거나 농땡이를 칠 수가 없습니다. 어쩌다 잘못한 직원도 큰소리로 야단치지 못합니다. 밖에서 다른 직원들이 보고 있기 때문입니다. 열어놓은 사무실 문은 때때로 직원과의 관계에서도 위력을 발휘합니다. 화가 나는 대로 목소리를 높여 호통을 치면 그 직원은 망신을 당하는 꼴이 되는데, 목소리를 낮춰 잘못된 부분을 지적해주면 혼날 줄 알았던 그 직원은 더 열심히 일합니다.

문을 열어놓으면 민원인이 불시에 찾아와도 만날 수밖에 없습니다. 민원인이 밖에 있는 직원을 의식해 무리한 요구나 엉뚱한 짓(?)을 할 수도 없습니다. 파주에서 일할 때 사업을 하는 분이 자꾸만 문을 닫으려고 해 극구 만류한 일이 있었습니다. 그분은 당황해서 얼굴을 붉히며 고맙다는 말만 남기고 갔습니다. 허가를 빨리 내줘 고마운 마음에 촌지를 준비했었다는 말을 나중에 전해 들었습니다.

매주 한 번꼴로 함께 일하는 직원들에게 글을 띄우는 일도 하고 있습니다. 가끔 자작시도 올리고 여행 기행문이나 영화를 본 소감 같은 글을 올리고 있습니다. 사람 살아가는 명분과 도리에 대해 이야기하기도 합니다. 업무와 직접적으로 관련되는 것은 아니지만, 닫힌 감성을 일깨워 좀 더 유연하고 탄력적으로 일할 수 있는 계기를 마련하기 위해서입니다. 영화 〈광해, 왕이 된 남자〉를 보고 나서 이 영화를 보면 공직자가 어떻게 살아야 하는지 알게 될 것이라는 메시지가 담긴 글을 올린 것도 그런 맥락에서였습니다.

축구동호회 모임에 나가 함께 공을 차기도 하고 산악회 회원들과 함께 산을 오르기도 합니다. 사무실에서 만나는 것과 밖에서 만나는 것은 분위기가 사뭇 다릅니다. 밖에서 만나면 더욱 허물없는 대화들이 오가고 친근감이 느껴집니다. 직장 노조 임원들과도 수시로 만나 그들의 목소리를 듣고 있습니다. 그들이 어떠한 생각을 갖고 있는지를 알고 이를 고쳐나가면 후생복지나 인사에 대한 불만을 줄일 수 있기 때문입니다. 함께 소통하고 함께 행동하면 간극은 좁혀지게 마련입니다. 간극이 좁혀진다는 건 갈등과 반목이 줄어든다는 것과 맥락을 같이합니다.

다른 사람이 마음에 들지 않는다는 말을 들을 때가 있습니다. 간극이 있다는 말입니다. 피 한 방울 섞이지 않고 전혀 다른 환경에서 자란 사람이 마음에 들기가 쉬운 일은 아닙니다. 하지만 먼저 다가서면 됩니다. 양보하고 배려하면 간극은 좁아지게 마련이지요. 자신은 그대로 서 있으면서 상대방이 다가오기를 기다리면 두 사람의 간극은 더욱 벌어지게 됩니다.

때로는 적당한 간극도 필요합니다. 적당히 긴장하는 삶이 이어질 수 있습니다. 사람과 사람 사이에 간극이 필연적으로 존재하는 것이라면, 그 간극을 좁히는 일이야말로 세상살이인지도 모릅니다. 모두가 양보하고 배려하고 욕심을 내려놓고 간극을 좁혀가며 살았으면 합니다.

광해, 왕이 된 남자

〈광해, 왕이 된 남자〉라는 좋은 영화 한 편을 만났습니다. 영화는 조선왕조 제15대 왕인 광해군 시절을 배경으로 합니다. 광해군은 왕권을 안정시키기 위해 영창대군과 임해군을 제거하고 인목대비를 유폐시킨 일 때문에 폭군으로 기록되어 있습니다. 그러나 그 또한 붕당(朋黨)의 소용돌이 속에서 희생된 왕입니다. 영화는 "숨겨야 할 일들은 기록에 남기지 말라 이르다"라는 광해군일기의 한 구절을 바탕으로 전개됩니다.

권력 다툼의 혼란으로 광해는 정신적으로 큰 고통에 시달립니다. 이로 인해 난폭해지고 더구나 자기를 독살하려 한다는 의심이 생겨 사람들을 못 믿게 됩니다. 이런 정신적 충격을 탈피하려 수시로 여자들만 탐하는 왕으로 전락합니다. 결국 자신을 죽이려는 세력들의 위협을 견디다 못해 왕 노릇을 대신할 대역(代役)을 찾습니다. 그는 가장 믿는 신하인 도승지 허균에게 극비리에 이 일을 맡깁니다. 허균은 기방(妓房)의 취객들을 상대로 걸쭉한 만담을 하는 광대 하선을 궁으로 데려와 광해와 같은 왕 역할을 가르치기에 이룹니다. 그러던 어느 날 광해에게 진짜 죽을 고비가 닥칩니다. 누군가 그를 독살하려 음식에 약을 탄 것입니다. 광해가 치료를 받는 동안 허균은 나라 의 안녕을 위해 광대 하선을 왕의 자리에 앉히게 됩니다.

하루아침에 조선의 왕이 되어버린 천민 하선은 허균의 가르침에 따라 말 투부터 걸음걸이, 국정을 다스리는 법까지, 함부로 입을 놀려서도 들켜서도 안 되는 위험천만한 왕 노릇을 시작합니다. 그러나 하선은 왕과 똑같은 외 모는 물론 타고난 재주와 말솜씨로 왕 역할을 완벽하게 해냅니다. 왕이 될 수도, 되어서도 안 되는 천민이 진정한 왕이 되어가는 과정이 다채로운 이야 기로 전개되어 흥미롭습니다. 저잣거리에서 무능한 조정과 부패한 권력을 풍자한 만담을 일삼던 하선이 수백 명의 사람들이 지켜보는 궁 안에서 왕의 대역을 연기하는 모습은 아슬아슬한 재미와 긴장감을 안겨줍니다. 또한 말 투와 걸음걸이는 물론 눈을 뜨는 순간부터 잠자리에 들 때까지, 사소한 일상 부터 국정 업무에 이르기까지 생전 처음 접하는 왕의 법도를 익혀가는 과정 은 하선 특유의 인간미와 소탈함으로 의외의 웃음과 재미를 선사합니다.

하지만 허균이 지시하는 대로 왕의 대역 역할에 충실하던 하선이 자신도 모르게 진정한 왕의 목소리를 내기 시작하면서 이야기는 새로운 국면으로 접어듭니다. 예민하고 난폭한 광해와는 달리 따뜻함과 인간미가 느껴지는 왕의 모습에 궁궐이 조금씩 술렁이게 됩니다. 그리고 점점 왕의 대역이 아 닌 자신의 목소리를 내기 시작하는 하선의 모습에 허균도 당황하기 시작합 니다. 하선은 비록 은(銀) 20냥에 수락한 보름간의 왕 노릇이지만 상식과 휴 머니즘을 바탕으로 그 어떤 왕보다 위엄 있고 명분 있는 목소리를 냅니다. 자신의 안위와 왕권만을 염려하던 광해와 달리, 정치가 무엇인지는 몰라도 사람과 백성을 위하는 길이 무엇인지 잘 알고 이를 행하는 하선의 모습은 묘한 감동과 여운을 줍니다. 권력의 가장 밑바닥에 있는 천민의 모습을 빌려 조선이 필요로 했던 진정한 군주의 모습을 보여줍니다.

하선은 왕 노릇을 하면서 궁내 가장 아랫사람들의 안위까지 두루 살피고 백성 스스로 노비가 되고 기생이 될 수밖에 없는 현실을 개탄합니다. 왕위를 지키기보다 민생을 염려하는 조선이 꿈꿔온 왕이 되고자 합니다. 몰지각한 대신들에 굴하지 않고 옳고 그름만을 판단하는 그는 중상모략으로 궁지에 몰린 충신을 구하는 등 반듯한 성정으로 왕의 목소리를 높입니다. 또한 자기를 죽이려던 도부장을 용서하고, 집안 형편이 어려워 어린 나이에 궁녀가 된 사월을 배려하고, 모함으로 역적 누명을 쓴 중전의 오라버니를 살려주기도 합니다. 명나라에 조공을 바치기 위해 혈안이 되어 있는 신하들에게 "좀 적당히들 하시오", "부끄러운 줄 아시오"라고 꾸짖습니다. "난 내 나라, 내 백성이 백 곱절 천 곱절은 더 소중하오"라고 일갈하는 장면은 이 영화의 백미이자 압권입니다. 허균과 조상선, 도부장은 물론 중전과 사월이까지 하선의 그런 매력에 푹 빠지게 됩니다.

가짜 왕 노릇을 하게 된 광대가 진짜 왕보다도 정치를 잘하게 된 겁니다. 그는 먼저 백성을 위해 할 수 있는 일이 무엇인가를 생각했습니다. 그리고 백성의 어려움과 억울함을 풀어주려는 배려의 정치를 펼쳤습니다. 사욕(私慾)이 없기 때문에 가지려 하지 않았습니다. 만약 그가 더 가지려 했다면 그 순간 백성은 눈에 들어오지 않았을 것입니다. 정치인에게는 그들이 쥐고 누리는 권력을 놓지 않으려는 일반적인 속성이 있습니다. 이러한 속성으로 인해 권력을 잡는 순간 사람이 달라지고, 사람이 아닌 정치인으로 살아가는 것인지도 모릅니다. 정치인이 그 자리에서 떠난 다음에는 사람대접을 못 받는 것은 이러한 이유 때문입니다. 그 옛날, 진짜 왕보다 더 왕 노릇을 잘한 광대처럼 모든 것 내려놓고 오직 백성만을 생각하는 그런 통치자가 나왔으면 좋겠습니다.

제 **2** 장

향기는
오래 남는다

토종씨앗을 지킨 사람

    인류에게 먹거리만큼 중요한 것이 없다는 사실엔 이론이 없을 것입니다. 먹거리는 국가안보와도 직결됩니다. 미래학자들은 멀지않은 장래에 식량을 둘러싼 인류의 처절한 다툼이 일어날 것이라고 경고하고 있습니다. 이러한 연유로 많은 나라에서는 새로운 우량품종을 육성하는 데 심혈을 기울이고 있습니다.

    우리 식탁을 점령하고 있는 먹거리들은 대부분 수입품입니다. 이들 먹거리를 수입할 수 없게 된다면 생각만 해도 아찔한 일이 아닐 수 없습니다. 그런데도 먹거리의 원천인 씨앗에 대한 국민적 관심은 희박한 것이 현실입니다. 문제는 새로운 품종을 개발하고 판매하는 종묘회사의 대부분이 외국계 기업이라는 점입니다. 외환위기 직후 우리나라를 대표하는 종묘회사들을 외국자본이 인수했기 때문입니다.

    다행히 '농우바이오'라는 종묘회사가 거액의 인수 조건을 뿌리치고 명맥을 유지하고 있습니다. 이 회사마저 외국 자본에 넘어갔다면 지금쯤 우리나라 씨앗 값은 외국인들의 손에 놀아날 수밖에 없을 것입니다. 든든한 버팀목 역할을 해주고 있는 농우바이오가 있다는 사실이 얼마나 다행스럽고 고마운지 모릅니다.

농우바이오를 설립해 오늘을 있게 한 사람은 지극히 평범한 사람입니다. 화성에서 태어난 그는 집안 사정이 어려워 중학교를 마치고 서울로 올라가 종묘상 점원으로 일하면서 씨앗에 관심을 갖게 되었다고 합니다. 그 후 수원으로 내려와 종묘회사를 설립했고, 오늘날 국내 랭킹 1위의 종묘회사로 발전시켰습니다. 그는 국가안보와도 직결되는 토종씨앗을 지키고 새로운 품종을 개발하는 일에 평생을 바쳐왔습니다.

그는 이 같은 공로로 석탑산업훈장도 받았고 명예박사학위도 받았습니다. 화성에서 국회의원에 당선됐고, 2012년 재선에도 성공해 경기도당 위원장으로 활동해왔습니다. 그는 늘 양보와 배려, 나눔과 베푸는 삶을 살아왔습니다. 주변 이웃은 물론 경기도 새마을 회장으로 일할 때는 민간교류 차원에서 북한을 방문해 5억 상당의 씨앗을 전달하기도 했습니다. 많은 사람들이 그를 존경하는 이유이기도 합니다.

농우바이오는 중국과 미국, 인도네시아에도 현지 법인을 설립하고 세계시장으로 달려가고 있습니다. 특히 외국제품으론 처음으로 중국소비자 신뢰상품 농산물 브랜드로 선정되었습니다. 그뿐만이 아니라 "중국농경산업 10대 모범기업, 10대 인물"에 동시 선정된 것은 참으로 대단한 일입니다. 농우바이오가 국제적으로 인정받고 세계적인 기업으로 자리매김한 것은 그의 자부심이자 우리나라의 자랑입니다.

그는 폐암 진단을 받고도 수술 후엔 다시 의욕적인 행보를 펼쳤습니다.

그러나 일에 대한 욕심으로 서둘러 퇴원한 탓에 합병증이 발생했습니다. 다시 입원했을 때 사람들은 그가 오뚝이처럼 다시 일어날 것으로 믿고 또 믿었습니다. 그런데 그는 끝내 일어나지 못하고 유명을 달리하고 말았습니다. 수술 후 6개월만 휴식을 취했으면 20년 이상 건강하게 많은 일을 할 수 있었을 텐데, 너무 일에만 집착한 게 화를 불렀다고 사람들은 안타까워합니다.

사람들은 그를 시골 형님이나 아저씨처럼 사람 냄새 물씬 풍기는 푸근하고 넉넉한 사람으로 기억하고 있습니다. 사람들은 농업계의 큰 별이 졌다고 하는데, 농업계뿐이겠습니까? 우리나라 경제계와 정치계의 큰 일꾼, 큰 거목이 쓰러진 것입니다. 종자 주권을 선언하고 토종씨앗 지킴이로 살아오다 씨앗의 영원한 고향인 흙으로 돌아간 것입니다.

그는 비록 우리 곁을 떠났지만 그가 남긴 흙냄새 물씬 풍기는 넉넉한 발자취는 우리들의 가슴에 영원히 살아 숨 쉴 것입니다. 고희선 회장님, 존경하고 사랑했습니다. 그리고 지금도 존경하고 사랑합니다. 부디 무거운 짐 모두 내려놓고 아무 걱정 없는 하늘나라에서 위대한 기업인이자 훌륭한 정치인으로 영원히 사시기를 기도드립니다.

최우영을 말한다

"승표 형! 소주 한잔해요."

"좋지 ……."

20년 넘은 친구 우영이가 하늘나라로 떠났습니다. 아홉 살이나 어리지만 늘 배울 것이 많은 친구였습니다. 기자답게 사회 전반에 해박하고 생각이 시원시원하고 명쾌해서 함께하는 시간이 늘 깔끔하고 행복했습니다.

"있잖아. 형! 이번 일을 어떻게 생각해?"

"그건 최 부장이 더 잘 알잖아 …… 술이나 마시자고."

그보다 그의 부친을 먼저 알았습니다. 1980년대 말 도지사 수행비서로 일할 때 도 교육감 비서실장인 그의 부친을 뵙게 되었습니다. 선비같이 깔끔한 외모에 가을바람처럼 맑고 밝은 인상을 가진 분이었습니다. 가끔 술자리를 함께한 일이 있습니다. 술이 거나해져도 조금도 흐트러짐 없이 한마디 한마디가 명쾌하고 논리 정연해서 술이 깰 지경이었습니다. 그 후 관리국장으로 명퇴하고 극동대 교수를 지낸 올곧은 분입니다.

우영과는 1991년에 처음 만났습니다. 신참 기자였던 그는 앳된 얼굴에 하얀 피부를 가진 준수한 청년이었습니다. 그런데 처음 술자리를 함께했을 때 또 다른 그의 모습을 보게 되었습니다. 주량이 시쳇말로 장난이 아니었습니다. 그런데다 부친을 닮아서인지 조금도 흐트러짐 없이 또박또박 말을 이어갔습니다. 술자리에서 막내 격이던 우리 두 사람은 톱질하는 수준으로 술잔을 주고받았습니다. 그러다보니 깔끔하다 못해 까칠하다는 느낌이 술잔 속에 녹아들고 말았습니다.

몇 차례 자리를 함께했을 때 그가 말하더군요. "홍 비서님, 이젠 승표 형이라고 부를게요." 그는 사회생활을 하면서 형이란 호칭을 붙인 것이 처음이라고 했습니다. 형이라는 호칭을 붙이는 것이 쉬운 일이 아니라는 걸 잘 아는 저로서는 고맙기도 하고 당혹스럽기도 했습니다. 형 노릇을 하려면 더욱 잘 살아야겠다는 생각도 들었습니다. 그리고 과천 부시장으로 일할 때 시청 출입기자로 일하던 그와 많은 생각을 나누며 지냈습니다. 열흘간 독일과 스페인 등 유럽 여행을 함께한 적도 있었습니다. 그 후 정말 형제같이 지냈던 기억이 생생합니다.

그는 할아버지 때부터 대를 이어온 교육자 집안에서 자라 요즘 세대와 달리 선비 같은 언행이 몸에 뱄습니다. 고려대학교를 졸업한 후 기자가 되겠다는 그에게 부친이 "왜 힘들고 험난한 기자의 길을 가려 하느냐"라고 극구 만류했다고 합니다. 교육자의 길을 가기 바랐던 것입니다. 그런데 그는 "교육자의 길을 가는 것도 좋겠지만 사회의 그늘진 곳을 밝히고 일깨우는 기자의 길을 가겠다"라며 소신을 굽히지 않았다고 합니다.

그는 주로 사회부에서 잔뼈가 굵어졌습니다. 밤낮을 가리지 않고 사건, 사고의 현장을 누비면서 촌철살인의 필력을 유감없이 발휘했습니다. "늘 눈을 부릅뜨고 귀를 곤두세우고 사실을 확인해서 기사를 쓰고 신문이 나올 때까지 긴장하다가 신문을 보며 성취감과 함께 때론 알지 못할 서러움에 울기도 하는 게 기자"라면서, 때로 술자리에서 눈물을 글썽이기도 했습니다. 워낙 깔끔하고 남에게 폐를 끼치지 않으려는 성격 때문이었을 겁니다.

그는 의협심에 불탔고 늘 정의로웠습니다. 불의와 타협하지 않는 강골이었습니다. 그의 필력은 날카롭고 냉철했으며 정곡을 찌르는 진중함과 순발력이 있었습니다. 사물을 보는 눈은 날카롭고 현상을 보는 생각은 유연했으며 디테일하면서도 큰 스케일을 가진 기자였습니다. 옳다고 생각하면 소신을 굽히지 않고 직언을 마다하지 않았습니다. 실력이 출중하고 삶의 철학과 진정성을 갖춘 전도유망한 기자였습니다. 그래도 만족하지 않고 여명을 깨우는 햇덩이처럼 늘 깨어 있는 맑은 사람이었습니다.

이런 그에게 『공부 못하는 게 효도야』라는 수필집을 펴낼 때 발문을 청했습니다. "승표 형! 그건 높은 사람도 많고 중량감 있는 사람도 많이 있잖아요?"라며 손사래를 쳤습니다. "물론 그렇긴 하지만 누구보다 최 부장이 날 잘 알잖아! 그래서 부탁하는 거야"라는 대답을 듣고는 흔쾌히 글을 써주었습니다. 그런데 그 글을 보니 저보다 저를 더 많이 알고 있다는 느낌을 받았습니다. 많은 시간을 함께하면서 알게 된 상식에 객관적인 생각을 더했기 때문입니다. 누군가 책을 읽고 한마디 던졌습니다. "다른 건 볼 것도 없어.

최 부장 글을 읽으면 깔끔하게 정리가 돼."

　그런 그가 봄부터 조금 이상하다고 하더니 건강검진을 받고 바로 입원을 했습니다. 그러고는 불과 한 달 만에 하늘나라로 떠났습니다. 마른하늘에 날벼락 같은 문자 메시지를 받고 사흘 동안 빈소를 지키면서, 해맑은 웃음과 진지한 표정, 원칙과 명분을 지키던 그를 생각했습니다. 장례 후 그의 부친이 전화로 고맙다는 말씀과 함께 그동안 남긴 글을 모아 책을 엮었으면 좋겠다며 울먹이서서 또 한 번 울컥했습니다. 좋은 친구가 쉰 살도 안 되어 떠났으니 기가 막힐 따름입니다. 참 아깝고 애석합니다. 최우영 부장님! 당신과 함께한 시간은 정말 행복했습니다. 부디 하늘나라에서 걱정 없이 좋은 소식만 전해주는 언론인으로 영원히 사시기를 기도드립니다.

파주의 율곡 선생 유적지

林亭秋已晚 숲 속 정자에 가을이 이미 깊어드니,

騷客意無窮 시인의 시상(詩想)이 끝이 없구나.

遠水連天碧 멀리 보이는 물은 하늘에 잇닿아 푸르고

霜楓向日紅 서리 맞은 단풍은 햇볕을 향해 붉구나.

山吐孤輪月 산 위에는 둥근 달이 떠오르고

江含萬里風 강은 만 리에서 불어오는 바람을 머금었네.

塞鴻何處去 변방의 기러기는 어느 곳으로 날아가는고?

聲斷暮雲中 울고 가는 소리 저녁 구름 속으로 사라지네.

이이(임동석 옮김), 「花石亭」 전문

율곡이 여덟 살 때 지은 시(詩)입니다. 율곡은 선조 때 벼슬길에 올라 동인과 서인의 대립과 갈등의 매듭을 풀어보려 했습니다. 그런데 그의 노력이 수포로 돌아가고 개혁안도 선조에 의해 받아들여지지 않자 파주 율곡마을로 낙향했습니다. 그리고 임진강 가에 있는 정자에서 학문에 몰두했습니다. 그 정자가 바로 화석정(花石亭)입니다. 일찍이 율곡은 10만 군사 양병을 주장했지만 받아들여지지 않았습니다. 그러나 왜군이 쳐들어올 것을 미리 알고 기름걸레로 정자를 닦았다고 합니다.

율곡은 임종하면서 어려움이 닥치면 열어보라고 봉서(封書)를 남겼습니다. 임진왜란이 일어나 선조의 어가(御駕)가 몽진(蒙塵)차 임진나루에 도착했을 때 날이 궂고 밤이 되어 지척을 분별할 수 없었답니다. 왜군이 뒤를 쫓고 있는 다급한 상황이었습니다. 이때 대신 중 한 사람이 율곡이 남긴 봉서를 열어보니 "화석정에 불을 지르라"라고 적혀 있었답니다. 불을 붙이자 인근이 대낮같이 밝아져 선조는 무사히 강을 건너 피란길에 오를 수 있었습니다.

낙향한 율곡은 고향 파주의 율곡과 처가가 있는 해주의 석담(石潭)을 오가며 후학을 가르치고 학문에 몰두하다 48세를 일기로 세상을 떠났습니다. 율곡이 세상을 뜨자 임금과 만조백관이 상복을 입고 두 달 동안 국장(國葬)에 준해 장례를 지냈다고 전해집니다. 곡소리가 대궐 밖까지 울려 퍼졌답니다. 어머니 신사임당이 잠든 자운산(紫雲山) 선영에 안장된 율곡은 문묘에 종향되고, 훗날 문성공이라는 시호(諡號)가 내려집니다. 지금은 자운서원(紫雲書院) 외에도 강릉의 송담서원(松潭書院) 등 전국 20여 개 서원에 배향되어 있습니다.

자운서원 묘역 여현문(如見門)을 들어서면 돌계단이 나타납니다. 율곡도 이 길을 오르내리며 많은 생각을 다듬었을 겁니다. 이곳에는 오래된 소나무들이 검붉은 옷을 입고 묘역을 지키고 있습니다. 내려다보이는 전경이 그야말로 절경입니다. 그러나 율곡의 묘소는 작고 볼품이 없습니다. 국장에 준하는 장례였다는 사실이 믿기지 않을 지경입니다. 묘는 선대(先代)로부터 낮은 곳으로 내려 쓰는 것이 상례입니다. 그런데 율곡의 묘는 어머니 신사임당 묘보다 위에 있는 역장묘(逆葬墓)입니다. 역장묘가 된 것은 율곡이 살아생전 정했다고도 하고, 임금이 지극히 아끼던 율곡을 위해 유명한 지관(地官)을 통해 묏자리를 정했다고도 합니다. 그러나 신사임당이 돌아가시자 3년간 시묘(侍墓)를 살고 죽음의 의미를 깨닫기 위해 금강산에 있는 절을 찾아 불교를 공부하기도 한 율곡의 효성으로 미루어 임금이 정한 것이 맞을 듯합니다.

율곡의 업적과 훌륭함을 글이나 말로 표현하는 건 쉬운 일이 아닙니다. 오로지 나라와 백성을 위한 삶을 사신 분이라 더욱 존경을 받는 듯합니다. 지금 살아 계신다면 그때보다 더욱 유명해지고 세계가 그분의 학문을 따르는 정치를 하고 있을지도 모릅니다. 훗날 정조는 "주자학과 유학을 어우르는 성리학을 완성하셔서 만백성에게 베푸셨으니 참으로 훌륭하시고 남기신 모든 글과 사상과 업적이 고스란히 남아 있다"라고 추앙했다고 합니다. 율곡이 주장한 10만 양병설이 받아들여지지 않은 것은 아쉬운 일이 아닐 수 없습니다. 이로 인해 조선은 너무도 참담한 대가를 치러야 했습니다. 예나 지금이나 국방은 철저히 준비되어야 한다는 교훈을 주고 있습니다.

3공 시절 중앙정보부장이 북한에서 김일성을 만났을 때, 김일성이 뜬금없이 한마디를 던지더랍니다. "율곡 선생 묘소가 남측에 있습니까?" 일순 당황한 중앙정보부장이 엉겁결에 답했습니다. "네! 그렇습니다." 돌아온 그가 이 사실을 대통령에게 보고했습니다. 그 후 대통령의 지시로 율곡의 묘역이 성역화된 것입니다. 그러나 아쉬운 점도 있습니다. 화석정은 경기도 유형문화재로, 자운서원은 경기도 기념물로 지정됐지만 격(格)이 맞지 않습니다. 강릉 오죽헌은 국가보물로 지정되어 있습니다. 북한도 율곡이 후학을 가르쳤던 해주 소현서원(紹賢書院)을 국가보물로 지정했다고 합니다. 강릉 오죽헌은 율곡이 여섯 살 때까지 지낸 곳이고, 자운서원은 학문적 토대를 쌓고 후학을 양성한 뜻을 기리는 곳입니다. 율곡과 신사임당의 묘도 이곳에 있습니다. 오죽헌보다 더 큰 의미가 있습니다. 자운서원을 국가지정문화재로 승격시켜야 하는 명분과 이유가 여기에 있습니다.

봉달이의 추억

세상에는 많은 스포츠 종목이 있습니다. 여럿이 하는 종목도 있고 혼자서 하는 종목도 있습니다. 그중에 인생살이와 같은 종목이 바로 마라톤이 아닐까 합니다. 세상사는 일이 장거리 경주와 같다는 말은 마라톤이 그만큼 어려운 종목이라는 뜻이기도 합니다. 마라톤 풀코스를 완주하기란 결코 간단한 일이 아닙니다. 이러한 어려움 때문에 사람들은 마라톤을 인간의 한계에 도전하는 운동이라고도 합니다. 실제로 풀코스를 한 번 완주하면 적어도 몇 달은 휴식을 취해야 한다는 것이 정설입니다. 이러한 일을 마흔 번이나 해낸 사람이 있습니다. 바로 우리의 국민 마라토너 봉달이 이봉주 선수입니다.

2008년 이봉주 선수는 서울국제마라톤 대회에서 마흔 번째 완주를 했습니다. 비록 전성기 기록에는 미치지 못했지만 많은 사람들이 그에게 아낌없는 박수갈채를 보냈습니다. 마라토너로서는 팔순 격인 불혹(不惑)의 나이에 이룩한 마흔 번째 완주기록에 대한 격려와 사랑의 마음이 담긴 것이었습니다. 사실 이봉주 선수는 마라토너로서는 최악의 신체조건을 가졌습니다. 오른발 길이가 왼발보다 짧은 짝발에 평발입니다. 눈물이 눈으로 흘러 들어오는 것을 막기 위해 쌍꺼풀 수술을 했는데 이마저 잘못되어 짝눈이 되었다고 합니다. 이러한 최악의 조건을 극복하고 그는 애틀랜타 올림픽에서 은메달을 차지한 것을 비롯해 많은 대회에서 두각을 나타냈습니다. 그가 못 이룬 한(恨)이 있다면 올림픽 금메달입니다.

그의 영웅은 손기정 선수였습니다. 손기정 선수처럼 되겠다는 마음 하나로 달리고 또 달렸다고 합니다. 손기정 선수가 아플 때는 예고도 없이 병문안을 갔다고 합니다. 그런 그가 올림픽에서 금메달을 차지하지 못한 것은 평생의 한으로 남을 것입니다. 그러나 그에게는 다른 선수들이 이루지 못한 또 다른 성취가 있습니다. 마흔 번의 마라톤 완주가 그것입니다. 그는 한 번의 완주를 위해 4,000킬로미터의 연습량을 소화했다고 합니다. 20년 동안 달린 거리가 지구 네 바퀴를 돈 것과 같은 거리라고 하니 참으로 대단하다는 생각이 듭니다. 그것도 최악의 신체조건을 극복하고 이뤄낸 것이니 인간 승리 그 자체입니다.

우리나라 마라톤 영웅으로는 손기정, 황영조, 이봉주 세 사람을 꼽을 수 있습니다. 손기정 선수는 일제강점기 때 억눌려 살던 사람들에게 희망과 용기를 주었습니다. 바르셀로나 올림픽에서 일본 선수를 제치고 우승을 차지한 황영조 선수는 하루아침에 국민 영웅으로 떠올랐습니다. 이봉주 선수는 두 선수와 같은 국민 영웅은 아닙니다.

그러나 이봉주 선수는 또 다른 의미에서의 국민 영웅이라는 생각이 듭니다. 그것은 두 선수가 해내지 못한 일을 해낸 선수이기 때문입니다. 20년을 한결같이 달리고 또 달려온 진정한 마라토너이기 때문입니다. 그는 늘 겸손

했고 수줍은 모습으로 우리들 곁에 있습니다. 영웅은 아니지만 우리들의 친근한 이웃입니다. 사람들은 그를 '봉달이'라는 애칭과 함께 '국민 마라토너'라 부릅니다. 그만큼 그에 대한 사랑의 마음에 진정성이 담겨 있습니다.

그것은 손기정 선수나 황영조 선수가 가져보지 못한 소중한 사랑이자 가치라고 생각합니다. 사람들은 일등을 좋아합니다. 특히 우리나라처럼 일등주의에 물든 나라도 없을 것입니다. 그러나 세상에는 일등만 있는 것은 아닙니다. 때로는 일등보다 빛나는 가치도 있습니다. 봉달이 이봉주 선수처럼 20년 동안이나 한 나라를 대표해서 달린 마라토너는 없습니다. 그래서 이봉주 선수의 인생이 값지게 느껴집니다. 그는 마라톤을 땀을 흘린 만큼의 결과가 나오는 운동이라고 했습니다. 누구의 도움도 없이 혼자 할 수 있고 반칙도 없는 정직한 운동이라고도 했습니다.

이제 불혹을 넘긴 그는 새로운 인생을 시작하는 출발점에 섰습니다. 그것은 그가 마흔 차례나 섰던 마라톤 출발점과는 전혀 다를 겁니다. 온갖 사기와 모함, 권모술수가 난무하는 이 험악한 세상을 순수함 그 자체인 봉달이 이봉주 선수가 어찌 살아갈까 걱정도 됩니다. 그러나 이미 많은 세월을 달려온 것처럼 최선을 다한다면 좋은 날들이 그 앞에 펼쳐질 것이라는 기대를 가져봅니다. 신기하게도 이봉주 선수의 애창곡이 「나는 문제없어」라고 합니다. "이 세상 위엔 내가 있고 나를 사랑해주는 나의 사람들과 나의 길을 가고 싶어"로 시작되는 그의 애창곡처럼 많이 외롭고 힘들어도 결코 넘어지지 않는 그런 삶이 이어지기를 소원해봅니다.

매실 명인 홍쌍리

전라도와 경상도를 가로지르는 섬진강 줄기 따라 화개장터엔…….

가수 조영남이 불러 널리 알려진 「화개장터」의 노랫말 중 일부분입니다. 노랫말처럼 섬진강은 전라도와 경상도를 가로질러 남해안으로 흘러들어 갑니다.

고려 말에 이곳은 왜구들의 노략질이 극심했습니다. 어느 날 왜구들이 강 하구로부터 침입해오자 두꺼비 수십만 마리가 나루터에 몰려와 울부짖었고, 이에 놀란 왜구들이 황급히 줄행랑을 쳤다고 합니다. 또 한 번은 왜구들에 쫓기어 우리 병사들이 나루 건너편에서 꼼짝없이 붙들리게 되었는데, 역시 수많은 두꺼비들이 떠오르며 다리를 놓아 무사히 건널 수 있도록 해주었답니다.

뒤따르던 왜구들도 두꺼비의 등을 타고 강을 건너는데 강 한가운데 이르렀을 때 두꺼비들이 일시에 물속으로 들어가 왜구들이 모두 빠져 죽었다고 합니다. 이러한 일이 일어난 후 사람들은 '모래내'나 '다사강'으로 불리던 것을 두꺼비 섬(蟾) 자를 넣어 '섬진강'으로 부르기 시작했다는 전설이 전해집니다.

섬진강 자락에는 우리나라에서 제일 긴 면으로 이름난 다압면(多鴨面)이 있고, 여기에 섬진매화마을이 있습니다. 하동을 마주 보고 있는 이곳 마을은 섬진강 자락의 하얀 모래밭과 파란 강물이 어우러져 천하 절경을 이룹니다. 동장군의 기세가 봄볕에 스러지고 겨우내 고뿔 앓던 강 자락이 기지개를 켤 때면 가장 먼저 매화가 꽃 소식을 전하는 마을로도 명성이 자자합니다. 800여 농가 70퍼센트 이상이 매화나무를 가꾸고 있다니 당연한 일입니다. 이곳을 중심으로 광양에서 생산되는 매실이 전국의 30퍼센트를 차지한다고 합니다.

해마다 봄바람이 사람들의 마음을 들뜨게 할 무렵, 이 마을 일대에선 변함없이 매화축제가 열립니다. 섬진강 자락에 꽃잎이 터지고 물빛이 더없이 푸른 햇살 고운 날, 매화마을을 찾았습니다. 청매실농원 일대에서 펼쳐지는 한마당 큰 잔치를 즐기러 달려간 것입니다. 매화축제는 말 그대로 꽃향기 가득한 신명 난 잔치판이었습니다. 매년 100만 명 이상이 다녀간다는 축제는 지역경제에 도움이 되는 것은 물론 광양의 브랜드 가치를 높여주는 효자입니다.

운 좋게 매화축제의 산증인이자 농장 주인인 홍쌍리 명인과 조우할 수 있었습니다. 성(姓)이 같다고 반기면서 매실차까지 내온 명인과 의미 있는 대화를 나눈 것은 분명 행운이었습니다. 광양매화축제와 홍쌍리 매실 명인은 떼려야 뗄 수 없는 불가분의 관계라고 합니다. 광양은 원래 밤으로 유명한 곳이었습니다. 경상도에서 이곳으로 시집온 홍쌍리 명인은 밤농사를 짓는 시아버지를 수발하며 살았다고 합니다. 시아버지인 율산(栗山) 김오천 선생은 일본을 오가며 광부 생활로 돈을 모아 백운산 기슭에 밤나무, 매실나무를 재배했고 전국에 묘목과 재배기술을 전파한 분으로 유명합니다. 이런 시아버지 덕분(?)에 홍 명인은 날마다 산자락에 매달려 나무를 심고 가꾸는 일이 너무도 힘겨워 바위를 안고 하염없이 울었다고 합니다. 지금 그 바위 앞에는 '눈물바위'라는 표지가 세워져 있습니다.

그런 와중에 두 차례 암수술을 받았고 교통사고로 3년 가까이 목발 신세를 지는 우여곡절을 겪었다고 합니다. 그런 고통 속에 시아버지와 남편을 여의고도 매화나무 가꾸는 일을 멈추지 못한 것을 '팔자소관'이라며 웃어넘겼습니다. 자식과도 같은 애정이 생기더라는 것입니다. 전국을 돌며 매실청을 담아둘 수천 개의 항아리를 구해서 산 중턱에 가지런히 얹어놓은 풍경이 장관입니다. 농원을 병풍처럼 두르고 있는 대나무 숲과 수수한 초가집은 임권택 감독의 영화 촬영장이 되기도 했습니다. 매화지천의 청매실농원은 한 폭의 그림처럼 아름다웠습니다.

매실과 함께 근 50년을 보낸 홍 명인은 매실에 관한 한 내로라하는 박사로 손꼽히게 됐습니다. 정부는 그를 식품명인 1호와 21세기를 이끌어 갈 신지식인으로 선정하기도 했습니다. 새농민상과 대통령상, 석탑산업훈장도 받았고 『밥상이 약상이라 했제!』라는 책을 펴내기도 했습니다. 그는 한 해 100일 가까이 강연도 나가고 외국을 돌며 우리 매실을 알리고 그들의 농사법을 배워 온다고 합니다.

사람들이 추운 겨울 혹한을 이겨내고 가장 먼저 꽃을 피우는 강인한 생명력을 가진 매화를 배웠으면 좋겠다는 그의 말이 가슴속 깊이 울렸습니다. 그는 앞으로도 흙을 일구고 자연과 벗 삼아 마음이 아픈 사람들을 보듬으며 살아갈 것이라고 합니다. 청매실농원도 자식에게 물려주지 않고 광양시와 공동명의로 남겨 오래도록 매화 향기가 세상에 가득하게 하겠다며 미소를 지었습니다. 욕심이 없어서인지, 오랜 역경을 딛고 일어선 때문인지, 얼굴 표정이나 몸짓이 열일곱 소녀 같다는 생각이 들었습니다.

　시경(詩經)에 '매경한고발청향(梅經寒苦發淸香, 매화는 추위의 고통을 이겨내고 맑은 향기를 풍긴다)'이라는 말이 있습니다. 광양 땅 매화마을에 가면 봄이 무엇인지 산다는 것이 무엇인지 답을 얻을 수 있을 것입니다. 매화마을 산자락에는 섬진강을 들뜨게 하는 매화향기가 그득합니다. 꽃향기보다 더 진한 홍쌍리 명인의 그윽한 미소와 넉넉한 삶의 향기가 사람들의 가슴에 여운을 남깁니다.

달인 김병만을 말한다

1970년대 초부터 오랫동안 인기리에 방영되었던 〈수사반장〉이라는 드라마가 있습니다. 지금은 국민 배우인 최불암을 일약 스타 반열에 올려놓은 드라마입니다. 얼마 전 하늘나라로 떠난 조경환이나 김상순도 이 드라마를 통해 세상에 이름을 널리 알렸습니다. 그런데 다시 방송될 드라마 수사반장에 개그맨 김병만이 출연한다고 해 세간의 화제가 되었습니다.

수사반장 역은 국내외서 높은 인기를 누리고 있는 한류 스타가 맡을 것으로 알려졌고, 수사반장과 함께 드라마를 이끌 중견 수사관 마용희 형사 역을 김병만이 맡는다고 합니다. 마용희 역은 드라마 기획 단계부터 김병만을 염두에 두었다고 합니다. 160센티미터도 채 안 되는 작은 체구로 거구의 괴한을 제압하는 등의 연기로 통쾌한 카타르시스를 선사할 것이라고 합니다. 과거 〈수사반장〉은 모방범죄를 조장한다는 부정적인 여론도 있었던 게 사실입니다. 그러나 후속 수사반장은 예방과 경계의 차원에서 사회적 현상과 범죄의 가능성에 접근하는 노력이 시도될 것이라고 합니다. 새로 부활되는 드라마 〈수사반장〉에 기대를 갖게 되는 또 다른 이유입니다.

김병만에게는 '달인'이라는 수식어가 항상 붙어 다닙니다. 〈개그콘서트〉라는 방송 프로그램에서 '달인' 시리즈로 대단한 인기를 얻고부터입니다. 김병만은 달인 시리즈에서 온몸을 던져 극한의 고통을 참아내면서 웃음을 선사하는 몸 개그의 달인으로 떠올랐습니다. 때로 상상을 초월하는 몸 개그를 보며 많은 사람들이 아낌없는 박수를 보내며 환호했습니다. 그래도 그는 자만하지 않고 한결같은 모습으로 사랑을 받아왔습니다.

그런 그도 눈물겨운 사연이 있습니다. 유명해지고 돈을 많이 벌면 아버지께 건물을 지어드리겠다고 했는데 땅을 산 직후 아버지가 대장암 판정을 받으셨다고 합니다. 그때 아버지는 치매를 앓고 계셔서 그가 찾아가도 알아보지 못했다고 합니다. 그래서 그는 좋은 일이 생길 때마다 아버지 생각이 난다고 합니다. 아버지의 병 치료와 좋지 않은 가정환경 때문에 계속해서 일해야만 해 아버지를 자주 찾아뵙지 못했습니다. 불효자라는 말도 들었다고 합니다. 그러나 이러한 어려움을 이겨내려는 그의 눈물겨운 노력이 성공의 원천이 되었을 것이라 생각해봅니다.

지난 2007년 '달인을 만나다'로 시작한 달인 시리즈는 16년 동안 단 한 번도 변을 보지 않으신 무변 김병만 선생님, 16년 동안 단 하루도 쉬지 않고 무술을 연마해오신 무술의 달인 흰 띠 김병만 선생님, 16년 동안 단 한 번도 여자를 만난 적이 없고 여자 보기를 평생 돌같이 생각하시는 부킹 김병만 선생님, 세상의 황폐함에 분노를 느끼고 16년째 단 한 마디도 하지 않고 묵언수행을 해오신 음소거 김병만 선생님, 16년 동안 단 한 번도 화를 낸 적이 없는 참을 인(忍)의 달인 뚜껑 김병만 선생님, 16년 동안 수도(手刀)를 연마하여 세계 최고의 격파 왕이 되신 격파의 달인 골병 김병만 선생님 등 배꼽 빠지는 기상천외한 슬랩스틱 코미디로 〈개그콘서트〉의 일등공신이 되었습니다.

달인을 넘어 장인 이상의 묘기를 보여주며 시청자들에게 웃음과 행복을 주었던 그는 다시 〈정글의 법칙〉이라는 프로그램의 촌장으로 활약하고 있습니다. 이 프로그램을 통해 그는 달인 이상의 활약으로 큰 박수를 받고 있습니다. 그가 살아온 인생의 축소판 같고 그와 너무도 잘 어울리는 〈정글의 법칙〉을 통해 다가오는 그의 진실함과 성실함이 시청자들에게 공감과 감동을 안겨주고 있습니다.

어려운 환경 속에서도 개그맨의 길을 포기하지 않고 지금까지 달려온 끈기와 노력이 그를 달인으로 만들었습니다. 화려하지는 않지만 또 다른 자기만의 영역으로 세상 사람들의 박수를 받게 되었습니다. 『꿈이 있는 거북이는 지치지 않습니다』라는 책도 출간했습니다. 토끼를 이긴 거북이 같은 그의 인생을 담은 책입니다. 어떤 역할을 맡겨도 최선을 다하고 온몸으로 열정을 불태우며 그만의 스타일로 맛을 내는 달인 김병만, 모든 일에 사력을 다하는 그에게 좋은 일만 이어지기를 기대해봅니다.

중국 황푸강의 기적

　중국 상하이(上海)는 일찍이 서방 문물이 도입되어 아시아에서는 가장 중심적인 도시로 발전한 곳입니다. 2010년 6개월간 황푸강(黃浦江) 연안에서 엑스포를 개최해 세계적인 도시로 거듭난 곳이기 합니다. "보다 좋은 도시, 보다 좋은 생활"이라는 주제로 열린 이 엑스포는 200개국에서 7,000만 명이 넘는 관람객이 다녀갔다고 합니다.

　상하이 엑스포 로고는 한자의 '세(世)'를 형상화한 것으로 EXPO의 '이해, 소통, 즐겁게 모임, 협력'이라는 이념을 표현했습니다. 특히 중국 전시관 건물은 '화(華)'라는 글자를 모티브로 한 상징적인 건축물입니다. 중국은 상해 EXPO 개최를 통하여 천문학적인 국가경제의 이익을 창출했습니다. 엑스포를 계기로 낙후 지역을 개발하고, 특히 교량, 도로, 항만, 고속도로, SOC 확충을 도모해 세계적인 도시로 우뚝 섰다는 평가를 받고 있습니다.

　우리나라가 '한강의 기적'을 이뤘다는 평가를 받을 무렵, 중국은 10여 년 늦게 상하이에서 개방과 개혁을 꿈꾸기 시작했습니다. 우리에게 한강의 기적을 이룬 박정희 대통령이 있었다면 중국에는 황푸강의 기적을 일궈낸 덩샤오핑(鄧小平)이라는 불세출의 인물이 있었습니다. 우리가 오늘날 경제성장의 아버지로 박정희 대통령을 꼽듯이, 오늘의 중국을 이야기할 때 덩샤오핑을 빼놓을 수 없습니다.

황푸강은 양쯔강(揚子江)의 한 지류입니다. 양쯔강은 중국을 가로지르는 젖줄입니다. 덩샤오핑이 상하이 발전을 주도한 것은 그 하구인 상하이가 발전되면 강을 따라서 중국의 모든 지역이 발전하게 될 거라는 비전과 확신을 가졌기 때문입니다. 상하이 황푸강 가에 동방명주(東方明珠)가 있습니다. 동방명주는 1990년대 초 3년간의 공사 끝에 완공된 방송탑으로 상하이를 대표하는 마천루입니다. 건축물은 세 개의 원형과 이를 연결하는 기둥으로 되어 있습니다. 건축물을 구성하는 둥근 모양 때문에 동양의 진주라고 불리게 되었으며, 상하이 야경에서 핵심적인 역할을 하고 있습니다.

어둠이 내리는 밤, 유람선에서 황푸강 양안을 보는 것이 상하이 관광의 백미(白眉)입니다. 유람선에 올라 강줄기를 거슬러 오르면 황홀경 그 자체입니다. 유럽 여행길에서 본 헝가리 부다페스트나 체코 프라하의 야경과는 분위기가 다릅니다. 두 곳이 은은하고 고풍스러운 분위기라면 상하이 야경은 현대적이고 짜임새 있다는 느낌을 줍니다. 홍콩의 야경은 지극히 화려한 나머지 정신이 혼미해질 정도인데, 상하이의 야경은 잘 정리되어 있고 절제된 조화로움이 돋보입니다. 중국 정부가 전략적으로 연출한 듯합니다.

황푸강 연안으로 101층과 88층 건물, 동방명주 등 수많은 건축물이 저마다 다른 색채와 다른 모양으로 빛을 냅니다. 획일적인 모습의 한강 주변 건축물과는 달리 어느 하나도 같은 모양의 건축물이 보이지 않습니다. 이렇게 철저하게 계획된 도시를 보니 부러움을 넘어 두렵기까지 합니다. 야경을 바라보면서 환상적인 풍광(風光)에 말을 잃어버리고 맙니다. 뜬금없이 우리 한강에도 이런 꿈같은 일이 생겨날 수 있을까 하는 생각이 스칩니다.

상하이의 명동이라고 불리는 난징루(南京路)도 걸어봅니다. 이른바 명품 상점도 즐비하고 사람이 많은 것이 우리의 명동과 비슷합니다. 그러나 명동보다 외형적으로 잘 정돈되어 있고 거리도 깔끔합니다. 유명한 건축물이 밀집해 있는 와이탄(外灘)도 가봅니다. 20세기 초, 상하이가 중국의 금융 중심이 되었을 무렵부터 이곳에 대형 은행들이 모여들었습니다. 모래사장 같던 곳이 높은 빌딩숲을 이루게 되었습니다. 수많은 석조 건물들이 오랜 세월을 비껴 간 듯 당당하게 서 있는 걸 보면 100년 전 이곳은 정말 대단했을 것이라는 생각이 듭니다.

대부분 은행과 호텔로 이용되는 건물이 고풍스러우면서 예술적 가치도 느껴집니다. 이곳과 건너편 푸둥(浦東)을 보면 중국의 과거와 미래를 한눈에 볼 수 있습니다. 와이탄의 건축물이 고전적이고 고풍스럽다면 푸둥의 건축물은 현대적이고 화려하기 때문입니다. 황푸강은 과거와 미래를 잇는 연결고리나 마찬가집니다.

상하이를 돌아보면서 많은 충격을 받았습니다. 중국을 다시 보게 되었습니다. 머지않아 중국이 세계의 패권을 잡을 거라는 생각을 하게 된 것입니다. 지금은 우리가 중국에게 발 마사지를 받고 있지만, 우리가 그들에게 발 마사지를 해야 할 날이 올 것이라는 두려움을 느꼈습니다. 한강의 기적이 황푸강의 기적에 묻혀서는 안 될 일입니다. 상하이를 보면 분명 중국을 다시 보게 될 것입니다.

한택식물원의 바오밥나무

    용인 땅 백암에는 한택식물원이 있습니다. 20만 평이 넘는 이곳은 만여 종의 식물을 보유한 국내 최대의 종합식물원입니다. 한택식물원을 만든 사람은 식물학자 이택주 원장입니다. 35년이라는 오랜 세월을 식물원을 위해 모든 걸 바친 사람입니다. 산자락 자연환경을 그대로 유지하면서 수많은 희귀식물을 심고 가꾸면서 일생을 보낸 사람입니다. 이곳은 주제별로 식물 군락이 조성되어 있습니다. 자연스러운 멋을 지닌 자연생태원, 수생식물원을 비롯해 모란작약원, 원추리원, 아이리스원 등 다양한 품종의 식물을 만날 수 있습니다. 이름 모를 꽃과 나무와 풀잎에서 뿜어져 나오는 향기 가득한 그런 세상을 만날 수가 있습니다.

    특히 바오밥나무가 있는 호주온실을 비롯해 남아프리카온실, 중남미온실 등에서는 쉽게 만날 수 없는 개성 만점의 식물을 만날 수 있습니다. 어린이들을 위한 어린이정원, 다양한 이벤트가 열리는 야외 공연장은 식물원의 또 다른 맛을 느낄 수 있습니다. 계절 따라 열리는 봄꽃페스티벌, 가을페스

티벌 등의 축제가 식물원의 볼거리와 즐길 거리의 기쁨을 더해주고 있습니다. 원예조경학교, 자연생태학교, 가족생태체험여행 등 다양한 교육프로그램을 통해 식물에 대한 이해와 함께 자연과 생명의 소중함을 배울 수도 있습니다. 아이들에게 자연을 통해 푸르고 싱그러운 꿈과 희망을 심어줍니다.

소설 『어린왕자』에는 "내가 사는 별은 너무 작아 덩치 큰 바오밥나무가 자라면 별이 산산조각 나고 말 거야"라며 걱정스럽게 말하는 대목이 있습니다. 어린왕자의 걱정을 덜어주듯 소행성의 바오밥나무를 그대로 옮겨놓은 것 같은 정원이 있습니다. 호주온실에서는 높이가 7미터나 되고 둘레만 해도 3미터가 넘는 바오밥나무들을 만날 수 있습니다. 한택식물원에서 가장 인기 있는 나무 중 하나입니다. 바오밥나무는 굵은 줄기에서 뿌리 모양의 가지들이 뻗어 나와 마치 거꾸로 심어놓은 것 같은 착각이 듭니다. 바오밥나무가 자기가 나무의 왕이라고 잘난 체하자 신들이 노여워하여 나무를 뿌리째 뽑아 거꾸로 심어놓았다는 전설이 전해지고 있습니다.

바오밥나무는 호주에서도 나무가 띄엄띄엄 서 있는 풀밭에 자생하는데 비 올 때 물을 저장하여 가뭄을 견디는 생태적인 특징을 가지고 있다고 합니다. 호주 원주민들은 물병나무(Bottle Tree)라고 부르며, 배가 불룩한 나무에서 수액을 채취하여 물 대용으로 쓰기도 합니다. 10년 전 호주에서 들여온 바오밥나무 삼형제는 부쩍 가지를 뻗으며 온실을 가득 채우고 있습니다. 최근에는 바오밥나무를 배경으로 하는 영화나 드라마를 통해 널리 알려지면서 많은 이들의 사랑을 한 몸에 받고 있습니다. 바오밥나무는 우리나라 고건축에서 볼 수 있는 배흘림기둥과 모양이 비슷해서 친근감을 더해줍니다.

한택식물원의 단풍은 다양하고 풍부합니다. 복자기, 섬단풍, 당단풍 등

토종 단풍나무도 그렇지만 캐나다와 중국단풍 등 300종이 넘는 단풍나무가 보여주는 독특한 모양과 색은 저절로 감탄사를 자아내게 합니다. 나무 전체가 빨갛게 물이 들어 마치 불타는 듯 강한 인상을 주는 낙우송(落羽松)은 또다른 매력을 느끼게 합니다. 낙우송은 단풍도 아름답지만 물속에서 자라는 모습 또한 많은 이들의 관심을 끕니다. 물 한가운데 솟아 있는 낙우송은 신비감을 자아내고, 떨어진 낙엽이 물 위를 떠다니며 황금빛으로 햇살에 반짝이는 모습은 가히 환상적입니다. 연못에는 물만 있는 게 아니라 하늘빛이 담겨 있고 산자락과 나무들이 어우러진 한 폭의 빼어난 수채화가 담겨 있습니다.

중국 당나라의 시인 두목(杜牧)의 「산행(山行)」이라는 시에 "상엽홍어이월화(霜葉紅於二月花, 서리 맞은 잎이 2월의 꽃보다 더 붉다)"라는 구절이 있습니다. 2월의 꽃은 동백꽃을 두고 한 말입니다. "붉게 물든 단풍이 동백꽃보다 더 붉다"라는 표현은 시인만의 상상력이 가져다준 보물 같은 구절이라는 생각이 듭니다. 한택식물원에 동백꽃 군락지도 있다는 사실은 많이 따뜻해진 기후환경을 반증해주는 듯합니다.

만여 종의 식물을 다 아는 사람은 흔하지 않습니다. 하지만 이택주 원장은 만여 종을 다 알고 있습니다. 그런 그분의 입에서 OECD 국가 중에서 유일하게 「식물원법」이 없는 나라는 우리나라뿐이라며 쓴소리가 쏟아져 나왔습니다. 대학에 식물학과도 없고, 식물을 연구하는 학자도 많지 않다며 한심하다는 듯 혀를 끌끌 찼습니다. 식물원법이 없고 식물에 대한 국민적 관심이 없으니 보통 큰일이 아니라는 겁니다. 오죽하면 자신의 아들에게 대(代)를 물리기로 했고, 실제로 아들을 한택식물원에서 일을 하도록 했다는 것입니다. 두 번이나 바오밥나무가 검열에 걸려 반입하지 못했던 일을 비롯해 35년간 그가 겪은 사연은 만리장성을 쌓고도 남을 거라고 합니다. 그래도 이제는 아시아에서 알아주는 식물원이 되었고, 우리나라 식물학회에서도 내로라하는 거물(?)이 되었다며 너털웃음을 날렸습니다. 외국 학자들과도 많은 교류를 한다고 하니 좋은 결실이 맺어졌으면 합니다.

늦가을에 찾은 한택식물원은 그 나름의 정취와 멋이 있었습니다. 조용하면서도 아늑한 분위기에서 자연과 함께할 수 있었습니다. 가을의 끝자락이었지만 의미 있는 하루를 보낼 수 있는 좋은 곳이었다는 생각이 듭니다. 발길 닿는 곳마다 소중한 자연과 함께한 더없이 싱그럽고 상큼한 시간이었습니다. 다양한 야생식물과 나무가 숲을 이루고 있고, 가만히 귀 기울이니 새소리와 계곡을 흐르는 맑은 물소리가 하나로 어우러져 환상의 하모니로 아늑하고 평온한 세계로 이끌었습니다. 사람은 사람을 속일지 몰라도 자연은 사람을 속이지 않는다는 말이 있습니다. 식물원에 들면 자연을 배우고 자연에서 인생을 배울 수 있습니다. 많은 사람들이 이곳을 찾아 자연과 함께 소중한 삶의 의미를 되새겼으면 합니다.

지족상락知足常樂 일깨운 우즈베키스탄

우즈베키스탄에 다녀왔습니다. 우즈베키스탄 페르가나 주가 2008년 용인시와 자매결연을 체결하여 이번에 초청을 받은 것입니다. 1991년 구(舊)러시아로부터 독립한 우즈베키스탄은 남북한을 합한 면적의 2배 정도의 국토에 2,840만이 살고 있는 나라입니다. 지하자원이 풍부하고 농토가 넓어 발전 가능성이 높은 곳입니다. 한국산 자동차와 가전제품 등 상품에 대한 평가가 좋고 한류 열풍이 확산되는 등 우리나라에 대한 인지도는 매우 높다고 합니다. 특히 이 나라 청소년층에서는 "코리언 드림(Korean Dream)" 열기가 날로 높아지는 등 우리나라에 대한 호감도가 높고 인기가 대단합니다.

3월 21일은 우즈베키스탄에서 나브루즈(Navro'z)로 불리는 명절입니다. 낮과 밤의 길이가 같아지는 춘분인 이날은 새로운 한 해의 시작으로 생각하고, 생명의 기운이 가득 차는 봄의 시작을 축하하는 날입니다. 만물이 소생하는 것을 기뻐하며 가족과 친척이 모여서 전통 음식을 만들어 먹습니다. 산이나 들판, 마을 광장에 모여서 전통 놀이를 즐기고 춤을 추고 노래를 부르며 소원을 빌기도 합니다.

또한 이날은 우즈베키스탄뿐만 아니라 중앙아시아 전체의 명절이라고 합니다. 축제는 대단했습니다. 모든 사람들이 거리에 나와 음식을 나눠 먹고 공연을 보며 춤을 추었습니다. 주지사도 공연이 끝날 때까지 박수를 치고 환호성을 올리며 주민들과 함께 자연스럽게 어울렸습니다. 어른은 물론 어린아이들까지 뛰쳐나와 온몸으로 춤을 추며 축제를 즐겼습니다. 밝고 활기찬 모습으로 살아가는 모습이 인상적이었습니다.

한국으로 떠나오기 직전 타슈켄트에 있는 세종한글학교를 찾았습니다. 1991년에 설립된 이 학교의 허선행 교장은 마흔아홉 살의 젊은 분입니다. 고려인이 많이 사는 우즈베키스탄에서 한글을 가르치는 것도 의미 있는 일이 될 것이라는 지도교수의 가르침에 감명을 받고 스물일곱 살에 이곳에 왔다고 합니다. 2012년까지 4,000명이 넘는 졸업생을 배출한 중앙아시아 최대 규모의 한글학교로 지금도 300명이 넘는 학생들이 1년 6개월 과정으로 공부하고 있다고 합니다. 처음에는 고려인이 대부분이었는데 지금은 15퍼센트 정도가 현지인일 정도로 학교 지명도가 높습니다.

한국과 한국어에 대한 관심이 날로 높아지고 있어 한국은 물론 우즈베키스탄 교육부로부터 한국어 교육기관으로 정식인가를 받았다고 합니다. 처음에 한 개 교실로 출발한 이 학교는 지금 다섯 개 교실과 도서관을 갖추고 있습니다. 그러나 학교 재정이 어려워 문을 닫을 수도 있는 위기가 여러 번 있었다고 합니다. 그럴 때마다 한국과 일부 독지가의 도움으로 명맥을 이을 수 있었다며 고마워했습니다. 특히 경기도에서 2층 규모의 도서관을 지어줘 큰 힘이 되었다고 합니다. 돈도 쓰이는 용도에 따라 그 가치가 달라진다는 걸 새

삼 깨달았습니다.

사람이 가진 게 많다고 해서 행복하게 사는 게 아닌 듯합니다. 비록 가진 게 적어도 큰 욕심 없이 주어진 환경에 만족하며 가족이나 이웃과 함께 즐겁게 사는 게 행복한 삶입니다. 100개가 넘는 다민족이 모여 살면서도 큰 갈등 없이 지내는 우즈베키스탄 사람들이 대단하다는 생각이 듭니다. 단일민족이라고 자랑하면서도 호남이니 영남이니 하면서 지역 간 갈등을 빚는 우리나라와는 차원이 다릅니다. 그들이 비록 가진 게 적어도 우리나라 사람들보다 행복지수가 높은 건 사회적 갈등이 없고 욕심 없는 마음으로 여유를 갖고 살기 때문일 겁니다.

만족할 줄 아는 사람은 비록 땅에 누워 있어도 편안하고 만족할 줄 모르는 사람은 극락세계에 있어도 불만스럽다는 말이 있습니다. 주어진 환경에 만족하며 밝은 표정으로 삶을 즐기는 우즈베키스탄 사람들이 부러웠습니다. 그들이 지금이라도 풍부한 지하자원을 채굴해 수출하면 소득수준이 크게 높아질 것입니다. 그러나 그들은 원자재 수출은 엄격히 제한하고, 일자리 창출 차원에서 외국자본 투자를 추진하고 있다고 합니다. 지하자원도 후손들을 위해 채굴을 최소화하고 있습니다. 우리처럼 서두르지 않고 현실에 만족할 줄 아는 현명함이 돋보였습니다.

세종한글학교를 이끌어가고 있는 허선행 교장도 대단한 분입니다. 20년 넘는 세월을 오직 한글을 가르치는 일에 청춘을 바친 분입니다. 그동안 수많은 어려움을 딛고 이제는 훌륭한 규모의 한글학교를 운영하고 있는 해병대 출신의 불굴의 사나이입니다. 이젠 우리나라 교육과학기술부에서도 지원하고 직원이 상주할 정도로 높은 평가를 받고 있습니다. 우즈베키스탄의 고위층 자녀들도 이 학교에 입학해 한글을 배우고 우리나라에 유학 오는 게 꿈이라고 하더군요. 그의 한글에 대한 열정과 치열한 삶이 많은 사람들을 감동시키고 있는 것입니다.

짧은 기간이었지만 우즈베키스탄 여행을 통해 많은 것을 배웠습니다. 현실에 만족하며 욕심 부리지 않고 이웃과 다툼 없이 살아가는 그들을 통해 진정한 지족상락(知足常樂)이 무언지를 깨달았습니다. 또한 우리나라에서 편히 살 수 있는데도 이국땅에서 한글을 가르치고 있는 허선행 교장에게도 큰 감동을 받았습니다.

세계문화유산 양동마을

뒤늦은 여름휴가를 받아 사흘간 경주를 찾아 돌아보았습니다. 천년의 고도(古都), 경주는 도시 전체가 문화재입니다. 잘 알려진 불국사와 석굴암, 첨성대는 물론 많은 문화유산들이 도시 전역에 살아 숨 쉬고 있습니다. 경주는 정말 볼거리가 너무도 많았습니다. 이번 여행은 시간적 여유가 있어 그저 스쳐 지나는 여행이 아니라 거의 탐사 수준의 넉넉함이 있었습니다. 경주 곳곳이 새롭게 보이고 새롭게 느낄 수 있는 소중한 시간이었습니다. 그중에서도 이번 여행의 백미(白眉)는 단연 '양동마을'을 돌아본 것입니다.

조선시대 양반마을이 경주에 있다는 것은 이번에 처음 알았습니다. 안동 하회마을은 많이 들어보았지만 양동마을은 이름조차 들어본 기억이 없었습니다. 경주에는 그만큼 국보급 문화유산이 많기 때문인지도 모릅니다. 수많은 신라의 유적지에 가려 양동마을은 아는 사람만 가는 곳입니다. 양동마을에 가자고 했을 때 큰 기대를 하지 않았던 것이 솔직한 고백입니다. 내로라하는 유네스코 지정 문화유산이 즐비한 경주에서 전통 마을이 과연 볼만

한 가치가 있을까 하는 의구심마저 들었습니다. 그런데 경주 시내에서 20분 남짓 달려 양동마을에 접어들자마자 정말 거짓말 같은 풍경이 눈에 들어왔습니다. 조선시대 양반마을을 원형 그대로 옮겨놓은 듯한 고풍스러운 집들이 빼곡히 들어차 있었습니다.

문화유산 해설사의 설명을 듣고 보니 양동마을이 더욱 새롭게 보였습니다. 설창산의 산등성이가 뻗어 내려 네 줄기로 갈라진 능선과 골짜기가 물(勿)자형의 지세를 이루고 있었습니다. 마을을 거슬러 올랐다가 뒤쪽 언덕에서 내려오니 기와집과 초가집들이 나무들과 어우러져 한 폭의 동양화 그 자체였습니다. 집과 대문, 돌담과 나무가 잘 다듬어진 민속촌 같았습니다. 양동마을은 기원전 4세기 이전에 사람의 거주가 시작되었다고 합니다. 이 마을에서는 조선시대 청백리인 우재(愚齋) 손중돈(孫仲暾)과 성리학자 회재(晦齋) 이언적(李彦迪)을 비롯한 많은 인물들이 배출되었다고 합니다. 지금은 여주 이 씨와 경주 손 씨 가문이 마을을 지키며 살고 있습니다.

양동마을에는 무첨당(無忝堂)과 향단(香壇), 관가정(觀稼亭) 등의 보물을 비롯해 24점의 문화재가 있다고 합니다. 2010년에는 마을 전체가 세계문화유산으로 등재된 우리나라의 대표적인 역사마을입니다. 양동마을 곳곳에서는 초가를 다시 얹거나 한옥을 개보수하고 담장을 새로 쌓는 일손들이 바쁘게 돌아가고 있었습니다. 남쪽 지방으로 갈수록 개방적인 구조를 갖는 전통 한옥구조와 달리 양동마을의 집은 모두 폐쇄적입니다. 원리 원칙을 중시하는 영남학파의 전통을 이어 집의 구조도 자연스레 폐쇄적이고 보수적인 형태를 띠게 되었다고 합니다.

사랑방, 안방, 행랑방, 책방 등이 구분 지어 연결되고 안채로 들어가는 입구는 모두 따로 나 있습니다. 이처럼 ㅁ자를 이루고 있는 집은 언뜻 보면 막혀 있는 듯 보이지만 자세히 살펴보면 구석구석 뚫려 있어 외부와 소통이 가능합니다. 손님이 많은 집은 부엌의 천장을 뚫어 요리를 만들 때 생기는 열기를 빼냈다고 합니다. '노천부엌'인 셈입니다. 조상들의 삶의 지혜가 엿보이는 대목입니다. 자연채광을 염두에 두어 집 구석구석에 작은 마당을 만든 것도 이채롭습니다. 하늘을 담고 있는 '햇빛우물'이 폐쇄적인 가옥에 빛을 퍼 올리고 있습니다. 양동마을은 이미 유명한 영화 촬영지로 그 명성이 자자하다고 합니다. 〈취화선〉, 〈내 마음의 풍금〉, 〈혈의 누〉, 〈스캔들〉 등이 이곳에서 촬영되었다고 합니다.

마을에는 500년이 넘은 고택(古宅)과 관가정, 심수정 등 많은 정자가 있습니다. 조상을 추모하고 자손의 강학(講學)을 위해 지은 정자는 숲 속에서 날아드는 풀벌레 소리와 어우러져 멋과 풍류를 느끼게 합니다. 150여 호의 고가옥과 초가집이 골짜기와 능선을 따라 500년의 전통과 향기를 뽐내고 있습니다. 돌담길을 따라 가면 담장 너머로 선비의 글 읽는 소리가 들리는 듯하고, 어느새 조선시대 양반고을로 마실 떠나는 선비라는 착각에 빠져들게 합니다. 마을 앞에는 연꽃이 흐드러지게 피어 사람들을 반기고 있습니다. 통일신라가 아닌 조선시대의 경주를 보고 느끼고 체험할 수 있는 곳, 시대를 초월해 세대를 이어가는 양동마을을 찾아본 것은 참으로 소중한 순간이었습니다. 이런 곳에서 살아보고 싶다는 아쉬움을 접고 돌아오는 뒷전으로 글 읽는 소리와 은은한 연꽃향기가 더없이 싱그럽고 상큼했습니다. 양동마을이 오래도록 잘 보전되었으면 합니다.

안면도의 소나무 군락

햇살이 맑고 고운 날 안면도로 나들이를 나섰습니다. 아주 정신없이 바쁘거나 버거운 것도 아닌데 한동안 나들이를 못했습니다. 안면도는 말 그대로 편히 쉴 수 있는 곳(安眠)이라는 의미를 지니고 있습니다. 여장을 풀고 꽃지해수욕장을 걸었습니다. 하얀 모래톱들이 하얀 이를 드러내며 햇살에 반짝이다 밀물 때면 물속에 들어 꿈을 꾸는 곳 같습니다. '할미', '할아비'로 불리는 자그만 섬도 있습니다.

누군가 "할미는 좋겠다. 할아비와 늘 함께 있어서 좋겠다. 할아비는 좋겠다. 할미와 늘 마주 보며 살아 좋겠다"라고 했습니다. 사람들도 할미와 할아비 섬처럼 언제까지나 마주 보며 함께 살면 참으로 행복할 것 같습니다. 이러한 생각 때문일까 손잡고 해변을 걷는 노부부의 모습이 더없이 평화롭고 안온해 보였습니다. 물이 빠지면 사람들은 걸어서 할미와 할아비를 만날 수도 있습니다. 꽃다리에 오르니 할미와 할아비 사이로 낙조가 붉게 타오르고 있었습니다. 꽃다리 위 아치의 그물 모양은 희망을 건진다는 의미로 만들어졌다고 합니다.

세계꽃박람회가 열리는 수목원에도 가보았습니다. 입구에 늘어선 장승들의 인사를 받으며 들어서는 수목원은 아늑했습니다. 잘 다듬어진 정원이 있는가 하면 습지공원도 있고 정자와 돌탑도 있었습니다. 전망대에서 바라보니 수목원은 물론이고 꽃지해수욕장과 아기자기한 주변 경관이 싱그럽게 눈에 들어왔습니다.

수목원 건너에 있는 자연휴양림에는 셀 수 없이 많은 소나무들이 군락을 이루고 있습니다. 그것도 껍질이 붉은 토종 소나무입니다. 이곳은 조선시대부터 궁궐에서 특별 관리한 소나무 군락지라고 합니다. 이곳의 소나무로 궁중의 궁재와 배를 만들었고 경복궁을 지을 때도 사용했다고 합니다. 단일 소나무 숲으로는 세계 최대 규모라고 합니다. 두말할 필요 없이 소나무는 나무 가운데 으뜸입니다. 가장 높고 가장 으뜸이라는 뜻의 '수리'가 '술'이 되고 다시 '솔'로 변한 것입니다.

우리 조상들은 소나무로 지은 집에서 살다 생을 마치면 소나무 관에 들어가 영면했습니다. 아기가 태어나면 소나무 생가지와 숯과 붉은 고추로 만든 금줄을 대문에 내걸었습니다. 금줄은 잡인의 출입과 잡신의 침입으로부터 산모와 아기를 보호한다는 믿음이 있었습니다. 우리나라에는 소나무 송(松) 자가 들어간 지명이 700곳 가까이 된다고 합니다. 꿈에 소나무가 보이면 벼슬을 한다고도 전해집니다. 그만큼 소나무가 무성하면 집안이 번창한다고도 합니다. 왕릉 주변에도 소나무가 군락을 이루고 있는데 혼령이 고이 잠들게 보호막 역할을 한다고 합니다.

고산(孤山) 윤선도는 "더우면 꽃 피우고 추우면 잎 지거늘 솔아 너는 어찌

눈서리 모르는가 구천에 뿌리 곧은 줄 그리하여 아노라"라는 시를 남겼습니다. 한여름이면 모든 나무들이 저마다 푸르른 자태를 뽐내지만 가을이 되면 잎들이 떨어져 한겨울엔 안쓰러울 정도로 초라하기만 합니다. 그러나 소나무는 한겨울 모진 바람에도 늘 푸른 잎을 자랑하는 청정한 자태를 간직하고 있습니다.

　소나무 숲에 들어 지친 육신을 던져버리고 느긋하게 보낸 시간은 참으로 행복했습니다. 소나무처럼 살고 싶다는 생각이 들었습니다.

지구의 정원, 순천만

순천에 다녀왔습니다. 순천만 갯벌이 생각나 도발적으로 길을 떠났습니다. 이틀간의 순천 여행은 말 그대로 생태의 자연 보고(寶庫)가 무엇인지를 느끼는 소중한 시간이었습니다. 순천만은 남해안 중심에 있는 항아리 모양의 습지로 순천 땅 깊숙이 자리하고 있습니다. 이 습지는 28제곱킬로미터(850만 평)의 광활한 땅이 갈대밭과 갯벌, 섬으로 이루어져 있다고 합니다. 순천만은 하천과 개울물이 바닷물과 만나는 강 하구가 아름다운 곡선으로 이어져 있습니다. 넓게 펼쳐진 갯벌과 갈대밭이 논과 밭과 함께 멀리 보이는 산자락과 어우러져 한 폭의 동양화를 보는 듯했습니다.

순천만은 자연 해안선이 그대로 보존되고 산과 강과 농경지와 마을 풍경이 어우러진 곳으로 세계적으로도 독보적인 가치를 지닌 곳입니다. 육지 깊숙이 자리하고 있어 물의 흐름이 호수처럼 고요하고, 다양하고 풍부한 동식물이 살고 있습니다. 특히 흑두루미와 저어새, 검은 갈매기 등 세계적으로 희귀한 새들이 살고 있는 국제적인 생물 서식지로 평가받고 있습니다. 순천시도 이러한 자연생태계를 보존하기 위해 희귀한 새들이 감전으로 죽지 않도록 습지 주변에 있는 전봇대 282개를 뽑아버렸습니다. 포구(浦口)에 있던 음식점과 환경오염시설을 모두 이전시키고 사람과 갈대가 서로 어울릴 수 있게 갈대밭에 나무로 된 이동로를 설치했습니다.

자연생태공원 내에 있던 집들도 모두 다른 곳으로 옮기고, 그 자리에 자연생태관과 천문대를 지었다고 합니다. 논을 가진 농가들에게 보상을 해주고 무 농약 쌀을 생산해 흑두루미 쌀로 특화한다고 합니다. 또 논의 일부는 벼를 베지 않고 새들의 먹이로 놔둔다고 하니 철새들의 천국이라고 할 수 있습니다. 배를 타고 순천만 일대를 돌아보았습니다. 바다에서 바라보는 습지의 모습은 육지에서 보는 것과 사뭇 달랐습니다. 멀리 갈대들이 바람결에 몸을 뉘였다 다시 일어서고 있었습니다.

용산 전망대에 오르니 순천만이 한눈에 들어 왔습니다. 갯벌 탐사선이 유유히 떠 있고, 일부러 만들어놓은 듯한 원형의 습지들은 잔잔한 호수의 물결이 둥그렇게 흩어지다 멈춘 듯 독특한 모습이었습니다. 갈대는 뿌리의 일부나 씨앗이 바닷물에 떠돌다가 갯벌 위에 뿌리를 내려 자란다고 합니다. 그런데 처음에는 작은 동그라미 형태였다가 이것이 커져 큰 원형이 되고 이 원형의 갈대밭이 이어지게 된 것이라고 합니다. 이곳은 물 흐름이 일정하고 강 하구에 넓은 갯벌이 있어 드넓은 갈대밭이 형성된 것입니다.

민물과 바닷물이 만나 소금기가 있는 갯벌에는 칠면초와 천일사초, 갯개미취, 해홍나물 등 다양한 식물들이 살고 있습니다. 칠면초는 연녹색에서 자주색까지 한 해 동안 일곱 번 색깔이 변합니다. 가을이 되면 자주색 칠면초 군락과 황금빛 갈대가 옅은 검은빛 갯벌과 어우러진 풍경이 신비롭다고 합니다.

겨울이 오면 살아 있는 화석으로 불리는 흑두루미가 날아든다고 합니다. 흰 머리와 목을 제외하곤 모두 검은빛을 띠고 있는 흑두루미는 세계적인 희귀 새로 생존 개체수가 1만 마리가 안 된다고 합니다. 두루미 중 가장 신비로운 새로 순천만에서 30년 전에 처음 발견되었다고 합니다. 이후 순천만 보존 노력으로 1996년 79마리가 관찰되었고, 지속적으로 늘어 2012년에는 670마리가 관찰되었다고 합니다.

동서고금을 막론하고 두루미는 사람들과 친한 새입니다. 우리나라에서는 장수와 행운, 고귀함과 금실 좋은 부부의 상징이기도 합니다. 두루미는 30년 이상을 살고 한 번 맺은 짝을 바꾸지 않는다고 하니 순천만을 찾는 두루미가 늘고 있는 것은 참 좋은 일입니다. 순천만이 세계 5대 연안습지로 선정된 것을 보면 순천시의 노력이 결실을 거두고 있는 셈입니다. 순천만을 찾는 관광객은 이미 300만을 넘어섰고 입장료 수입만 40억이 넘는다고 합니다. 이제 순천시의 고민은 순천만을 어떻게 자연 그대로 보존하느냐입니다. 많은 관광객이 순천만을 찾으면서 순천만이 훼손되는 것은 물론이고 영구보존 자체가 위협받게 되었기 때문입니다.

그래서 준비한 것이 국제정원박람회입니다. 2013년 4월에 개막된 이 박람회를 통해 도심을 나무와 꽃이 어우러진 생태공원으로 탈바꿈 시켰습니다. 더욱 중요한 것은 이 박람회장이 세계적인 자연생태 보고인 순천만으로 도심이 팽창하는 것을 막아주는 완충(緩衝)지대로서의 역할을 한다는 것입니다. 순천은 시청 건물도 자연친화적입니다. 담장도 없고 휴게 공간이 즐비하고 무료로 자전거를 빌려주는 무인시스템을 운영하고 있습니다. 생태수도를 표방하는 순천은 참으로 저력 있는 도시라는 걸 실감했습니다. 서울의 1.5배에 달하는 넉넉한 땅에 다소 한산해 보이지만 어느 곳보다도 생명력이 넘치는 곳이었습니다.

자연 생태계의 보물 창고, 순천만 갈대숲을 거닐 때 어느새 머리가 맑아지고 찌들었던 삶의 더께가 말끔히 씻겨 내리는 듯했습니다. 용산 전망대에서 햇살에 반짝이는 은물결과 원형의 갈대숲, 검붉은 갯벌과 강기슭을 날아드는 새들의 날갯짓을 보며 천상에 오른 듯 착각에 빠져들었습니다. 순천만의 풍경은 가을, 겨울이 더욱 절경이라고 합니다. 순천을 떠나오는 차창 밖으로 순천만의 환상적인 풍경이 꿈결처럼 스쳐 지나갔습니다.

쇠소깍을 아시나요?

우리나라 사람치고 한 번쯤 제주도를 다녀오지 않은 사람은 거의 없을 겁니다. 야자수와 같은 열대나무들과 낮게 엎드린 오름들이 펼치는 이국적인 풍경의 제주도는 이미 천혜의 자연경관을 갖춘 세계적인 관광의 보고(寶庫)로 높이 평가받고 있습니다. 저 역시 신혼여행을 시작으로 열 번쯤 제주도를 다녀왔지만 갈 때마다 새롭고 좋은 추억을 간직하고 있습니다. 그것은 제주도만이 가진 특별함이 있기 때문이라고 생각합니다. 이번 여행도 또 다른 의미가 있었다는 생각을 해봅니다. 결혼기념일을 택하여 아내와 이제 사회에 첫발을 디딘 아들 녀석과 떠난 가족 여행이었습니다.

그동안 결혼기념일은 많이 지나갔지만 여러 가지 사정으로 저녁을 함께하며 선물을 주고받는 것으로 만족해야만 했습니다. 그런데 모처럼 여러 가지 여건이 맞아떨어졌습니다. 출발은 다소 험악했습니다. 아내가 신분증을 집에 두고 나와 공항에서 말다툼이 시작되었습니다. 가뜩이나 시간이 늦어져 신경이 곤두서 있던 제가 아내에게 면박을 준 것입니다. 그렇잖아도 당황해하던 아내는 제가 언성을 높이자 가지 않겠다고 돌아서버리는 상황까지 갔습니다. 순간 실수했구나 하는 생각이 들었습니다. 더구나 아들 녀석도 있는데 말입니다.

겨우겨우 사정해서 비행기에 오르기까지 정말 십년감수했습니다. 그런데 제주 공항에 내린 아내는 언제 그런 일이 있었느냐는 듯 표정이 밝아졌습니다. 역시 제주도는 좋은 곳이라는 생각이 들었습니다. 점심을 제주 토속 음식으로 맛있게 먹고 난 아내의 몸짓은 날아갈 듯했습니다. 더구나 서귀포 남원의 동쪽 끝자락에 있는 쇠소깍을 찾았을 때 아내는 좋아서 입이 다물어지질 않았습니다. 저 역시 지금까지 본 제주의 어느 곳보다도 훌륭한 곳이라는 생각을 지울 수가 없었습니다.

쇠소깍은 하늘에서 내려다보면 소가 누워 있는 형상을 한 커다란 웅덩이(沼) 같은 곳으로 '깍'은 끝을 의미한다고 합니다. 하천과 바다가 만나는 이곳은 현무암 지대를 흐르는 물이 용솟음치며 분출해 한겨울에도 물이 차갑지 않다고 합니다. 쇠소깍을 둘러보려면 제주도 사투리로 '테우'라고 불리는 뗏목을 타고 이동합니다. 테우는 노를 젓지 않고 처음부터 끝까지 이어져 있는 줄을 당겨 움직이게 되어 있었는데, 옛날 방식 그대로인 듯했습니다.

쇠소깍에 들어서니 절벽을 이룬 바위들이 제각기 다른 모습을 뽐내며 서 있었습니다. 줄을 당기며 배를 움직이는 뗏목장의 입에서 호랑이입, 쌍둥이, 부엉이, 벌집바위 등 그럴싸한 바위 이름들이 줄줄이 쏟아졌습니다. 모두 자신이 지은 이름이라며 웃는 그의 모습이 더없이 넉넉해 보였습니다. 제주도에서 뗏목 만드는 비용을 지원해줬고 수익금은 청년회 공동기금으로 쓰인다고 했습니다. 테우를 움직일 때 바람을 등지면 힘들이지 않고 쉽게 갈 수 있지만, 맞바람을 안고 갈 때는 장난이 아니라고 합니다.

그런데 자신이 청년회에서 가장 힘 좋은 사람으로 뽑혀 몇 년째 고생하고 있다며 호탕한 웃음을 날리는 뗏목장의 구수한 입담이 쇠소깍에 가득 담겼습니다. 갑자기 새소리가 진동하더니 한 무리 새 떼가 주위를 맴돌기 시작했습니다. 멀리 눈 덮인 한라산이 눈에 들어왔습니다. 병풍처럼 둘러싼 바위 위로 즐비하게 늘어선 고목들이 고풍스러운 동양화를 떠올리게 했습니다. 바위틈을 비집고 뿌리를 내린 나무들로 갈라져버린 바위들도 보였습니다. 유연함이 강함을 이긴다는 만고의 진리를 말해주는 듯했습니다.

깊은 곳 끝자락까지 들여다보이는 물속에서는 고기 떼가 유유히 헤엄치고, 물 위에서는 물오리 몇 마리가 테우에 탄 사람들을 힐끔거리며 노닐고 있었습니다. 신선이 따로 없었습니다. 전날 공항에서의 사건은 잊은 지 오래인 듯했습니다. 움직이지 않는 듯 움직이고 흔들리지 않는 듯 미세하게 흔들리며 쇠소깍에 머문 시간은 말 그대로 신선놀음이었습니다. 시간과 공간의 적절한 조화로움에 모든 것을 잊을 수 있었던 것입니다.

이제 쇠소깍은 입소문을 타고 많은 사람들이 찾아들고 새로운 비경의 관광 보고로 각광받을 것입니다. 그렇지만 그 신비한 비경은 제발 훼손되지 않았으면 합니다. 아주 오래도록 아는 사람만 조용히 쇠소깍을 찾아 즐겼으면 좋겠다는 생각도 듭니다. 사는 게 버겁고 혼란스러울 때 한 번쯤 쇠소깍을 찾아가 보았으면 합니다. 버거운 삶의 뒤태나 모든 근심걱정이 사라지고 신선이 된 기분을 만끽해볼 수 있는 천상의 여행이 될 것입니다. 쇠소깍이 오래도록 잘 보전되었으면 좋겠습니다.

설경이 아름다운 선자령仙子嶺

선자령(仙子嶺)에 다녀왔습니다. 새해를 맞아 직원 단합을 위한 산행이었습니다. 선자령은 우리나라에서 설경이 가장 아름다운 곳으로 손꼽히는 산입니다. 정상이 1,157미터로 비교적 높은 편이지만 경사도가 완만해 누구나 쉽게 오를 수 있으면서도, 겨울 산행의 진미를 맛볼 수 있는 산입니다. 푸른 하늘과 멀리 보이는 푸른 바다가 어우러진 설경이 아주 그만입니다. 바람이 조금 거셌지만 바람을 뚫고 순백의 눈을 밟으며 가는 발걸음이 더없이 상쾌했습니다.

조선 왕조의 개국공신인 삼봉(三峯) 정도전은 선자령에 올라 "하늘이 낮아 재(嶺) 위는 겨우 석 자의 높이로구나"라고 노래했습니다. 그만큼 손을 내밀면 하늘과 맞닿을 것 같습니다. 예전 대관령휴게소가 해발 800미터가 넘는다니 그곳에서 선자령 정상까지는 불과 300여 미터밖에 안 됩니다. 왕초보 등산객들과 수많은 사람들이 이곳을 찾고, 굳이 산이라는 이름을 두고 '령'이라는 이름을 붙인 것도 이 때문입니다. 두 시간 정도 지나 정상에 올랐습니다.

선자령은 계곡이 아름다워 선녀들이 아들을 데리고 와서 목욕을 하고 놀다 하늘로 올라간 데서 그 이름이 유래되었습니다. 아름다운 겨울 산행지로 손꼽히는 곳이지만 변화무쌍한 날씨로 악명이 높은 산이라고도 합니다. 고도는 높지만 산행이 800미터가 넘는 곳부터 시작되고 경사가 완만해 산행이라기보다는 트래킹 코스로 제격입니다. 발길 닿는 곳마다 상고대가 핀 나무들과 풍력발전기들이 그림처럼 서 있습니다. 겨울 눈꽃을 보려는 인파가 전국 각지에서 몰려들 만합니다.

선자령 정상 "백두대간 선자령"이라는 글이 새겨진 표지석 주변은 사진을 찍으려는 사람들로 인산인해였습니다. 자리를 비집고 들어가 겨우 인증샷을 남길 수 있었습니다. 정상에서 내려다보이는 순백의 설경을 보니 왜 사람들이 이곳을 찾는지 한눈에 알 수 있었습니다. 알몸으로 누워 있는 올망졸망한 산봉우리들이 뛰어내리면 포근히 안아줄 것만 같았습니다.

선자령과 이어지는 대관령(大關嶺)의 이름은 12세기 고려 시인 김극기가 '대관(大關)'이라 처음 불렀다고 합니다. 대관령은 큰 고개이고 험한 요새의 관문이라는 뜻입니다. 큰 고개와 험한 요새는 영동과 영서를 가르는 고갯길인 동시에 백두대간의 동서를 가르는 길목입니다. 대관령은 사연이 많은 고갯길입니다. 강원도 관찰사로 일하던 송강(松江) 정철이 이 길을 지나다니면서 「관동별곡」을 남겼고, 율곡 등 과거급제의 꿈을 안은 선비들이 한양을 오가던 길이기도 합니다.

세상의 모든 바람이 지나가는 이곳에는 풍력발전기가 이국적인 모습으로 돌아가고 있습니다. 풍력발전기에서 생산되는 전력으로 강릉시민이 쓰는 전기 수요량의 절반을 충당하고 있다고 합니다. 풍차 곁에 서면 거대한 고목나무가 연상되고, 바람개비 돌아가는 소리가 저 멀리 동해바다에 파도를 일으키는 것 같다는 생각마저 듭니다. 그림처럼 아름답고 평온해 보이는 산자령도 때로는 세찬 바람이 눈과 함께 날아들어 사람들을 혼비백산하게 만듭니다.

정상에서 바라보니 남쪽으로 발왕산, 서쪽으로 계방산, 서북쪽으로 오대산, 북쪽으로 황병산이 한눈에 들어왔습니다. 한쪽으로는 강릉과 동해바다가 보이고 한쪽으로는 대관령목장의 이국적인 풍경이 펼쳐졌습니다. 눈길을 걸으며 내려오는 길이 너무도 아쉬워서 자꾸 뒤를 돌아보았습니다. 순백의 자연이 세파(世波)에 시달린 버거운 삶의 더께를 말끔히 씻어주는 듯했습니다. 돌아서는 발길을 산자령 산자락이 오래도록 붙잡고 놓아주질 않았습니다.

선자령과 함께한 것은 단순한 나들이가 아니었습니다. 새해를 맞아 직원들과 소통하면서 친목과 화합을 도모하는 시간이었습니다. 산행을 하고 음식을 나눠 먹으면서 어색하고 서먹서먹했던 간극(間隙)을 좁히는 시간이었습니다. 사무실에서 갖지 못했던 또 다른 의미의 결속을 다지는 시간이기도 했습니다. 요즘 세상의 화두(話頭)는 소통과 화합입니다. 이번 산행을 통해 모두가 마음의 벽을 허물고 활기차고 생동감 넘치는 내일을 위해 거듭나기를 기대해봅니다.

파란만장한 임시정부청사

　상하이(上海)에 가서 제일 먼저 찾은 곳이 대한민국 임시정부 청사입니다. 두 개의 건물이 서로 연결되어 있는 낡고 허름한 곳이었습니다. 계단도 좁고 건물의 규모도 작아 아무리 일제강점기였다지만 한 나라의 정부가 청사로 사용한 곳이라기에는 너무 초라해 보였습니다. 그러나 청사를 돌아보는 동안 당시 힘들고 어려웠던 상황을 온몸으로 느낄 수 있었습니다. 그 자체로 우리의 아픈 역사이고 아직도 아물지 않은 상처라는 생각이 들었습니다. 암울했던 시대 상황 속에서도 불굴의 의지와 독립에 대한 확고한 신념으로 사력(死力)을 다한 선열의 숨결이 느껴졌습니다.

　상하이 임시정부청사의 역사는 파란만장합니다. 2007년 상하이 시가 임시정부청사 일대의 재개발을 추진하여 임시정부청사의 원형이 완전히 사라질 위기에 처한 적이 있습니다. 우리 정부가 당시 시진핑(習近平) 상하이 당 서기에게 역사적 유물인 임시정부청사를 보존해줄 것을 요청하여 다행히 원형 그대로 보존될 수 있었습니다. 이곳에는 독립운동 당시의 유물들이 전시되어 있고, 백범 김구가 집무하던 모습이 밀랍 인형으로 만들어져 있습니다. 또한 일본군에게 폭탄을 던진 윤봉길 의사의 흉상도 마련되어 있습니다.

임시정부는 일제의 추적을 받으면서도 무려 27년 동안 활동했습니다. 윤봉길 의사의 거사 이후 집요한 추적이 시작되자 정부청사를 옮겨가며 독립운동을 계속했습니다. 이렇게 오랜 기간 조직적으로 독립운동을 한 것은 세계적으로도 그 유례를 찾아보기 어렵다고 합니다. 일제 치하에서 기금을 모으기도 어려웠고, 대다수 국민들은 그런 임시정부가 있다는 것도 몰랐다고 합니다. 그런데도 김구를 비롯한 애국열사들은 대한민국 독립의 기치를 내걸고 목숨을 바쳐 일했습니다.

이곳을 찾는 사람은 거의 한국 사람이라고 합니다. 당연한 일입니다. 청사를 둘러보는 동안에도 제법 많은 한국 사람들을 만날 수 있었습니다. 대학생으로 보이는 젊은이들의 모습을 보니 대견하기도 하고 한편으로는 마음이 든든해짐을 느꼈습니다. 외관상으로는 초라하고 볼품없지만 독립운동을 한 유적지로서 각별한 의미를 지녔기에 모두들 그냥 지나칠 수 없었을 겁니다. 모금함에 약간의 정성을 표했더니 열쇠고리와 볼펜이 담긴 기념품을 건네줬습니다. 작지만 마음속에 흔적을 남겼다는 사실만으로도 흐뭇했습니다.

한 가지 걱정이 되는 것은 이곳이 재개발 예정지역이라 언제 헐릴지 알 수 없다는 겁니다. 지금까지 수차례에 걸쳐 헐릴 처지에 놓였었지만 우리 국민과 정부의 노력으로 명맥을 유지하고 있는 건 다행한 일입니다. 비록 독립 운동가들은 모두 돌아가시고 초라한 임시정부청사와 유물만 남았지만 우리는 그때의 역사를 절대로 잊어서는 안 됩니다. 적어도 임시정부청사 유적만큼은 우리가 지키고 가꾸어야 하는 것이 후손된 도리를 다하는 것입니다. 이곳이 헐리면 우리 선열들의 독립정신도 훼손되는 것과 마찬가지이기 때문입니다.

'장부출가생불환(丈夫出家生不還)'이라는 말이 있습니다. 사내대장부는 집을 나가 뜻을 이루기 전에는 살아 돌아오지 않는다는 말입니다. 윤봉길 의사가 독립운동을 위해 중국으로 망명을 결심하고서 남긴 글이라고 합니다. 윤봉길 의사가 폭탄을 투척한 장소로 잘 알려져 있는 루쉰공원(魯迅公園)에 갔습니다. 그때는 홍커우공원(虹口公園)이라고 불렸다고 합니다. 당시 상하이의 일본군과 거주민 위주로 홍커우공원에서 천황탄생일 축하를 겸한 전승기념식이 열렸답니다. 일본의 군부 요인이 모였고, 테러를 우려해 경계를 최고로 강화했다고 합니다.

그런데도 윤봉길 의사는 일본의 치밀한 감시를 뚫고 들어가 폭탄을 던졌습니다. 이 거사(巨事)로 총사령관 시라카와 요시노리(白川義則)와 상하이 일본 거주민 대표였던 가와바타 사다지(河端貞次) 등이 죽었고, 많은 일본군 장성들이 중상을 입었습니다. 장제스(蔣介石) 총통은 "우리 중국 사람들도 하지 못한 일을 한 명의 조선 청년이 했다"라고 감탄했다고 합니다. 이 거사는 한국인의 항일정신과 독립 의지를 세계만방에 알린 계기가 되었습니다. 그러나 이 일로 대한민국 임시정부는 일본군의 추적을 피해서 상하이 인근으로 옮기게 되었고, 우리나라가 해방되기까지 중국 지역을 떠돌았던 것입니다.

루쉰공원에는 윤봉길 의사를 기리는 기념관과 의거 현장 기념비가 있습니다. 많은 사람들이 이곳을 돌아보며 그 얼을 기리고 있습니다. 상하이를 찾는 한국 사람이라면 암울했던 일제강점기에 우리나라의 독립을 위해 목숨 바쳐 싸운 선열들의 발자취를 돌아보았으면 합니다. 다른 관광지에선 사진이 남지만 이곳에서는 선열들의 나라 사랑의 정신과 기(氣)를 가슴에 담을 수 있기 때문입니다. 상하이에는 독립운동에 몸 바치신 우리 선열들의 얼이 지금도 살아 숨 쉬고 있습니다.

마오리족의 연가

비바람이 치던 바다 잔잔해져 오면
오늘 그대 오시려나 저 바다 건너서

　통기타 가수들이 대세이던 시절 즐겨 부르던 「연가(戀歌)」라는 노래입니다. 1970년대에 통기타는 젊음의 상징이었습니다. 어느 곳에서나 통기타 가수들의 노래가 넘쳐흐르고 청바지 물결이 거리를 뒤덮었습니다. 젊은이들이 모이는 곳에서는 통기타 반주와 노랫소리가 울려 퍼졌고, 그때 젊은이들이 즐겨 부르던 노래가 바로 「연가」였습니다. 이 노래는 특히 모닥불 주변에 둘러앉아 그 불빛에 물든 서로의 얼굴을 바라보고 불러야 제맛이 났지요.
　저 역시 한창때 이 노래를 즐겨 불렀던 기억이 생생하기만 합니다. 개울가에 불을 피우고 술 한잔 걸치면 세상이 그렇게 아름다워 보일 수가 없었습니다. 바라보이는 사람들 또한 멋져 보이기만 했습니다. 그럴 때면 어김없이 손뼉을 치며 통기타 반주에 맞춰 「연가」를 목이 터져라 불렀습니다. 때로 듀엣으로 이 노래를 부르면 마치 가수라도 된 것 같은 착각에 빠지기도 했습니다. 아마도 아름다운 노랫말과 빠른 박자가 이 노래를 부르는 사람의 마음을 흥겹게 만들기 때문일 겁니다.

그런데 이 노래를 그렇게 신나게 부르면 안 되겠다는 생각을 갖게 되었습니다. 뉴질랜드 로토루아 여행을 통해 이 노래에 얽힌 사연을 들었기 때문입니다.

로토루아에는 큰 호수가 있고 호수 한가운데는 섬이 있습니다. 옛날 호숫가 주변 마을 부족의 여자 족장이 섬에 사는 부족과 교류를 하면서 한 남자와 사랑을 하게 되었습니다. 그런데 이 남자가 서자였기 때문에 부족민들이 족장과의 결혼을 반대하고 나섰습니다. 서로 만날 수 없게 된 두 사람은 저녁마다 피리를 불거나 바람 소리를 들으며 사랑을 키워나갔습니다.

그러자 부족민들은 족장이 배를 타고 섬으로 들어갈까 봐 모든 배를 치웠다고 합니다. 하지만 족장은 섬에서 들려오는 피리 소리를 따라 헤엄쳐 들어가 그 남자와 하룻밤을 지냈습니다. 결국 부족민들은 이 사실을 알고 두 사람의 결혼을 허락했다고 합니다. 뉴질랜드 원주민인 마오리족에게 전해져 내려오는 아름다운 사랑의 전설입니다.

마오리족이 뉴질랜드에 터를 잡은 것은 대략 10세기 이후라고 합니다. 그런데 1840년경 영국인들이 총칼을 앞세워 마오리족의 주권을 빼앗았고, 나무로 된 무기밖에 없었던 마오리족은 속수무책으로 당해야만 했습니다. 그 후 마오리 땅은 영국인에게만 팔아야 한다는 강제 협약을 맺게 되면서 마오리족과 영국 간에 분쟁이 일어났습니다.

10년간의 전투 끝에 약 30만이던 마오리족은 채 5만이 남지 않았다고 합니다. 현재는 다시 인구가 증가해 60만 정도가 살고 있다고 하더군요. 그런데 그들은 아직도 영국의 영향력에서 벗어나지 못하고 있으며, 자기들의 글도 없이 원시적으로 살아가고 있습니다.

6·25전쟁 당시 뉴질랜드에서는 5,000명이 넘는 군인을 우리나라에 보냈는데 그 대부분이 마오리족이었다고 합니다. 파병된 뉴질랜드군은 가평에서 벌어진 첫 전투에서 100명 정도의 사상자가 발생한 걸로 전해집니다. 그때 스물이 채 안 된 마오리족 군인들이 이국의 참혹한 전쟁터에서 부모님과 사랑하는 사람들을 생각하며 목 놓아 부른 노래가 「연가(Pokarekare Ana)」라는 것입니다.

마오리족이 가장 많이 산다는 로토루아 곳곳에는 썩은 달걀 냄새가 나는 유황 온천이 있습니다. 곳곳에서 열기 가득한 진흙들이 분출되고 있고, 간헐천에서는 20미터도 넘는 뜨거운 물기둥이 끊임없이 솟구치고 있습니다. 마치 마오리족의 설움과 울분을 말해주는 듯합니다. 그들의 역사가 살아 있는 민속촌도 보고 전통 음식인 항이(hangi)도 맛보고 민속공연도 보았습니다. 그들이 부르는 「연가」는 우리가 부르던 연가와는 그 느낌이 완전히 달랐습니다. 온몸으로 마치 절규하는 듯 몸부림치며 부르는 그 소리에 전율이 느껴졌습니다. 온몸이 굳어져 숨 쉬는 것조차 힘들기만 했습니다.

사람이 여행을 한다는 것은 단순한 휴식이 아닙니다. 그곳에 사는 사람들의 삶과 문화의 향기를 느껴보는 일입니다. 자기들의 글조차 없는 마오리족 사람들의 삶은 가슴 아프고 안타깝기만 합니다. 그러나 한편으로는 그들이야말로 아무 근심걱정 없이 원초적 행복을 누리며 산다는 생각이 듭니다.

로토루아에서 마오리족 사람들에 대해 알게 된 것은 극히 작은 부분일 것입니다. 그러나 연가에 얽힌 그들의 사연을 알게 된 것은 이번 여행에서 얻은 가장 소중한 일이었습니다. 오늘도 마오리족은 애틋한 삶의 애환을 간헐천에 녹여가며 온몸으로 연가를 부르고 있을 것입니다. 그들이 부르는 연가의 메아리는 언제까지나 가슴속에 살아 오래도록 울려 퍼질 것입니다.

동피랑을 아시나요?

동양의 나폴리로 불리는 항구 도시 통영에 다녀왔습니다. 통영은 삼도수군을 총괄하는 통제사가 있던 '통제영(統制營)'에서 비롯된 이름이라지요. 통영은 볼거리가 많은 곳입니다. 그런데 최근 새로운 볼거리가 생겼습니다. '동피랑'으로 불리는 벽화마을입니다. 통영의 대표적인 어시장인 중앙시장 뒤쪽 언덕에 자리 잡은 마을로, 동피랑은 '동쪽에 있는 비탈'을 뜻한다고 합니다. 몇 년 전 통영에 갔을 때는 이 마을이 있는지도 몰랐다가, 최근에 이 마을이 통영의 대표적인 관광 명소로 떠오른 걸 알게 되었습니다. 케이블카를 타고 미륵산에 올라 통영 시내와 주변 경관을 돌아본 뒤 곧바로 동피랑마을을 찾았습니다.

제멋대로 꼬불꼬불 구부러진 오르막 골목길을 따라 오르기 시작했습니다. 강구항이 한눈에 내려다보이는 마을의 담벼락마다 운치 있게 벽화가 그려져 있었습니다. 벽화는 저마다 다른 모습과 다른 색상으로 그려져 있었는데, 소박하게 그려진 것도 있고 많은 정성이 엿보이는 그림도 있었습니다.

옹기종기 붙어 있는 집들과 담벼락이 이어져 마치 성벽을 쌓아놓은 듯 보였습니다.

동피랑은 이순신 장군이 설치한 통제영의 동포루(東砲樓)가 있던 자리라고 합니다. 원래 통영시는 마을을 철거한 후 포루를 복원하고 주변에 공원을 조성할 계획이었습니다. 그러자 2007년 이 마을을 지키며 살고 있는 마을 사람들이 마을 벽화 사업을 제안했다고 합니다. 마을을 떠나면 살길이 막막하다는 사실을 절감했기 때문일 것입니다. 여기에 마을 사람들과 뜻을 같이하는 화가, 여러 시민단체, 개인 등이 동참해 벽화를 그렸습니다. 삶의 애환이 서린 터전을 지키고자 하는 마을 사람들이 다른 사람들의 마음까지도 움직인 것이지요.

벽화는 마을 사람들이 살아가는 모습을 형상화한 것이며, 벽화를 위해 쓰인 돈은 불과 2,500만 원이었다고 합니다. 발상의 전환이 큰돈 들이지 않고 마을을 새롭게 되살린 것입니다. 통영은 동양의 나폴리라는 명성이 결코 부끄럽지 않은 관광명소입니다. 그러나 진정한 통영의 가치는 사람 냄새가 난다는 데 있다고 생각합니다. 사람들의 목소리에 귀 기울여 사라질 위기에 처한 마을을 관광명소로 탈바꿈시킨 꿈과 저력이 그것입니다.

같은 것을 바라보면서도 사람들이 느끼는 것은 서로 다릅니다. 가치 기준과 보는 관점이 저마다 다르기 때문입니다. 같은 공간에 함께 있으면서도 사람의 마음은 제각기 다릅니다. 외형적으로는 같은 눈을 가졌지만 저마다 다른 감성의 눈을 가졌기 때문입니다. 모든 사람들이 동피랑마을을 있는 그대로 바라보았다면 이 마을은 벌써 사라졌을지도 모릅니다. 그러나 이 마을을 살리고자 하는 애정과 탈바꿈시켜 보겠다는 열정이 마을을 다른 모습으로 거듭나게 한 것입니다.

'터무니없다'는 말이 있습니다. 터무니는 '터'와 '무늬'의 합성어입니다. 터는 집이나 건물을 지은 자리를 말하고 무늬는 형태인 셈입니다. '터무니 없다'는 본래 집이나 건물을 지은 형태나 흔적이 없다는 뜻입니다. 집이나 건물을 지었던 곳은 어떤 형태로든 흔적이 남게 마련입니다. 주춧돌이나 다른 흔적이 남아 있지 않다면 그 터에 무엇이 있었는지 알 길이 없고 무슨 말을 해도 다른 사람들이 믿지 않게 됩니다. 한마디로 거짓말이라는 뜻입니다. 그래서 근거 없이 허황되고 믿을 수 없을 때 터무니없다고 하는 것입니다.

동피랑마을이 통영시의 계획대로 공원이 되었다면 이 언덕 마을의 터와 무늬는 사라졌을 것입니다. 그 공원에 과연 지금처럼 많은 사람들이 찾아왔을까요? 바람이 몰아치는 언덕 위에 마련된 공원을 찾는 사람은 그리 많지 않았을 것입니다. 통영에는 먼 바다 전경을 바라볼 수 있는 곳이 이 마을 말고도 수없이 많기 때문입니다. 애꿎게 가진 것 없는 서민들만 삶의 터전을 잃어버릴 뻔했지만 벽화 마을로 새 단장한 것은 신의 한 수였습니다. 터와 무늬를 지킨 사람들, 그들이야말로 삶의 애환이 서린 언덕 마을을 지킨 주인이자 색다른 관광 명소를 만든 주역입니다.

동굴 속의 은하수

옛날 시골에서 원두막은 밤을 지키는 초소였습니다. 그때 아이들은 수박이나 참외 서리를 즐겨 했습니다. 아이들은 장난삼아 서리를 했지만 다 키운 과일을 도둑맞은 사람의 마음은 숯덩이가 되곤 했습니다. 과일 몇 개를 잃은 것보다 덩굴들이 많이 훼손되기 때문이었습니다. 그래서 서리꾼들로부터 과일이나 농작물을 지키기 위한 초소가 만들어졌으니 그게 바로 원두막입니다. 원두막은 대개 밭 가운데에 제법 높이 만들었는데, 초소의 기능뿐만 아니라 일을 하다 지치면 한숨 돌리거나 낮잠을 자는 쉼터로도 훌륭합니다. 갑자기 쏟아지는 비를 피하거나 새참이나 점심을 먹는 공간으로도 더없이 좋습니다.

가끔 원두막에서 밤을 지새울 때가 있었습니다. 사실 선풍기조차 없었던 옛날에는 원두막이 집보다 더 좋았습니다. 원두막에서 지내는 밤은 그윽했습니다. 달빛이 고혹적인 밤이면 신선이 된 것 같은 착각에 빠지곤 했습니다. 반딧불이가 어둠을 밝히며 떼를 지어 날아다니는 모습은 은하수를 방불

케 했습니다. 어둠이 짙어질수록 별들은 더욱 반짝거리고 멀리서 유성이 꼬리를 물고 사라졌습니다. 비가 내리는 날에는 그 나름대로 운치가 있었습니다. 때로 농사에는 비가 보약이 될 때가 많았습니다. 아버지나 형과 함께 두런두런 이야기를 나누다보면 어느새 어둠 끝자락으로 여명이 밝아오곤 했습니다.

그 옛날 반딧불이는 단순한 곤충이 아니었습니다. 제 어린 시절 그것은 한여름 밤의 꿈이고 희망이었습니다. 떼를 지어 날아다니며 밤하늘을 수놓는 반딧불이의 군무를 보면 무언가 좋은 일이 생길 것만 같은 생각이 들었기 때문입니다. 전깃불도 없었던 그때, 호롱불보다 더 반짝이는 반딧불이가 주는 메시지는 그만큼 강렬했습니다.

제 어린 시절 반딧불이는 소중한 친구이자 꿈이기도 했습니다. 아무리 힘이 들고 고달픈 날에도 반딧불이를 보면 어느새 그것들과 함께 날아다니는 또 다른 저를 만날 수가 있었기 때문입니다. 밤새워 함께 세상을 날아다니며 꿈꾸었던 세상이 바로 천국이 아니었을까 돌이켜봅니다. 그런 반딧불이가 잘 보이지 않습니다. 세상에 꿈이 사라진 듯해 아쉽기만 합니다.

반딧불이, 그 좋은 친구를 다시 만난 것은 뉴질랜드의 와이토모 동굴 속이었습니다. 와이토모(Waitomo)는 뉴질랜드의 원주민인 마오리족의 말로 '구멍을 따라 흐르는 물'이라고 합니다. 이 동굴은 그리 크지 않습니다. 와이토모 지역은 원래 석회암 지대로 많은 종유굴이 있는데, 이 동굴에만 사는 반딧불이가 있어 유명해진 곳이라고 합니다.

동굴로 걸어 들어가 배로 옮겨 탔습니다. 배를 타기 전에 가이드로부터 반딧불이가 놀랄 수 있으니 절대 소리를 내면 안 된다는 엄명이 내려졌습니다. 모두들 벙어리가 되어 눈빛으로만 서로의 마음을 나눴습니다. 대단한 공연도 아닌데 이토록 숨을 죽여야만 하는지 의아하기만 했습니다. 배는 제주도 쇠소깍을 오르내리는 뗏목 테우처럼 줄을 잡고 움직이는 자그만 배였습니다.

호기심과 기대를 가득 안고 들어간 칠흑 같은 어둠 속 동굴 천장에는 수도 없이 많은 반딧불이 붉고 푸른 빛을 펼치고 있었습니다. 일순 숨소리조차 들리지 않았습니다. 반딧불이가 연출하는 빛의 향연은 은하수보다 더 영롱하고 황홀했습니다. 놀라운 빛의 향연은 상상하지 못한 감동으로 물결쳐 왔습니다. 배를 탄 사람들은 어느새 넋을 잃은 듯했습니다. 어느 인공물도 이렇게 숭고하기까지 한 아름다움은 연출할 수 없을 것입니다.

뉴질랜드를 자연의 보석상자라고 하는데 와이토모 동굴이야말로 자연이 가져다준 보석 중의 보석이라는 생각이 들었습니다. 그런데 이 동굴에 사람들이 많이 오면서 반딧불이 개체수가 줄어들고 있다고 합니다. 조만간 안식년을 가져야 하는데 몇 년이 될지 모른다고 합니다. 안타까운 일이 아닐 수 없습니다.

일본이 엄청난 비용을 주고 이곳 반딧불이 개체를 사서 키워보았지만 환경이 맞지 않아 모조리 죽었다고 합니다. 돈이면 다 되는 줄 아는 그들의 짧은 생각에 혀를 차게 됩니다. 인공적으로 되는 일이 있고 안 되는 일이 분명 있는 법입니다.

뉴질랜드 여행에서 와이토모 동굴의 반딧불이의 공연을 본 것은 참으로 행복한 일이었습니다. 사진 촬영이 금지되어 있어 그 진풍경을 담을 수 없었던 것이 아쉬울 따름입니다. 지금도 와이토모 동굴의 반딧불이 그 빛은 은하수보다 영롱하게 빛나고 있을 것입니다. 그 빛은 오래도록 꿈으로 남아 저의 가슴속에 살아 있을 것입니다.

독도의 주인은 누구입니까?

시시때때로 우리를 분노에 휩싸이게 하는 독도 이야기가 한풀 꺾인 요즈음, 그래도 독도는 신문 한구석에 너무 빨리 잊는 냄비 근성을 원망하며 가끔 얼굴을 내보이곤 합니다. 이러한 가운데 독도를 찾을 수 있었던 것은 매우 소중한 경험이었습니다. 묵호를 떠나 울릉도에서 하룻밤을 묵고 아침 일찍 배에 올라 독도를 향하는 뱃길에서는 왠지 모를 작은 흥분이 가슴을 덥히고 있었습니다.

바닷길은 주인이 없고 가는 이가 주인이라는 말이 무색하지 않게 파도는 포말로 부서지고, 지나던 한 점 구름이 유유히 그 길을 따르고 있었습니다. 이윽고 얼굴을 마주 보고 서 있는 동도와 서도의 모습이 눈에 들어왔습니다. 동해바다의 수호신처럼 독도는 그곳에 그렇게 서 있었습니다. 한 핏줄, 한 형제로 살아온 동도와 서도는 마치 어머니의 젖무덤같이 푸근한 모습으로 마주 보며 살고 있었습니다. 그것은 우리의 마음속에 살아 숨 쉬는 고향의 모습과도 같다는 생각이 들었습니다.

독도 땅을 밟는 순간 많은 생각이 떠올랐습니다. 두근거리는 가슴을 진정시키며 섬을 둘러보았습니다. 조용히 애국가도 읊조렸습니다. 결코 길지는 않았지만 애국이 무엇인지를 생각해본 소중한 시간이었습니다. 이웃 섬나라 사람들이 독도를 자기네 땅이라고 억지를 부리는 것이 어제오늘 일은 아닙니다. 그러나 최근 들어 섬나라로부터 독도에 대한 집착과 몰염치한 망언들이 난무하고 있는데도 국민적 관심이 낮아지고 있는 것은 참으로 안타까운 일입니다.

독도는 아무 말 없이 눈을 감은 채 그저 속절없이 서 있었습니다. 섬나라 사람들이 아무리 막말을 해봤자 아무 소용이 없다는 진리를 터득한 듯했습니다. 오히려 자기를 속이지 말라고 준엄하게 꾸짖는 듯 보였습니다. 억겁 세월의 굴곡들이 돌이끼로 덮여 있는 정상으로 하늘과 땅이 선명한 태극 깃발이 희망처럼 나부끼고 있었습니다.

문득 독도를 뒤덮고 있는 괭이갈매기들의 모습이 한눈에 들어왔습니다. 번뜩이는 눈망울을 굴리며 머리 위를 나는 갈매기부터 대한의 하늘을 나는 갈매기, 돌이끼를 쪼며 소리치는 갈매기에 이르기까지 독도는 온통 그들의 세상인 듯했습니다. 그리고 하얀 물결은 우리 백의민족의 기상을 보여주는 것 같았습니다. 동도와 서도는 언제나 그러했듯이 옹골찬 눈을 부릅뜨고 동해바다를 지킬 것입니다.

괭이갈매기들은 그곳에서 알을 낳고, 다시 태어난 갈매기들은 짙푸른 동해바다를 휘돌아 날며 독도와 함께 살아갈 것입니다. 그리하여 동도와 서도는 논두렁 밭두렁 없이도 넉넉한 둘레둘레마다 꽃을 피우며 영원무궁토록 대한의 자식으로 자랑스럽게 살아갈 것입니다. 이물로 부서지는 파도를 가습으로 떠안으며 돌아서는 뒷전으로 마음은 독도를 부둥켜안고 돌아설 줄 몰랐습니다.

대한 사람이라면 한 번쯤 독도를 찾아보는 것도 좋으리라는 생각을 해봅니다. 일본이 독도 문제를 거론할 때만 독도를 생각하는 것은 안 될 일입니다. 독도는 언제까지나 우리의 영토이기 때문입니다. 땅 주인이 땅을 찾고 돌보는 일은 지극히 당연한 일입니다.

단양팔경丹陽八景 소묘素描

선인교(仙人橋) 아래로 흐르는 물이 자하동(紫霞洞)으로 흘러드니

오백 년 화려했던 고려 왕조가 물소리뿐이로구나.

아이야, 고려가 흥하고 망한 것을 물어서 무엇하겠느냐.

정도전, 「仙人橋 나린 물이」 전문

　단양 하면 단양팔경(丹陽八景)이 떠오릅니다. 그중에서도 도담산봉(島潭三峰)은 팔경 중에 으뜸가는 절경으로 손꼽히고 있습니다. 도담삼봉은 조선의 개국공신이었던 정도전(鄭道傳)이 유년 시절을 보낸 곳입니다. 퇴계 이황의 시심(詩心)을 흔들어놓은 명승지로도 명성이 높습니다. 도담삼봉은 원래 강원도 정선군의 삼봉산(三峰山)이 홍수 때 떠내려온 것이라고 합니다. 그러자 정선군에서는 단양까지 흘러들어 온 삼봉에 대한 세금을 요구했다고 합니다. 그때 어린 소년이었던 정도전이 기지를 발휘했습니다. "우리가

삼봉을 정선에서 떠내려오라 한 것도 아니요, 오히려 물길을 막아 피해를 보고 있어 아무 소용이 없는 봉우리에 세금을 낼 이유가 없으니 도로 가져가시오." 소년 정도전의 슬기로 단양에서는 세금을 내지 않게 되었다고 합니다. 크게 될 나무는 떡잎부터 다르다는 말이 괜히 나온 말이 아닙니다.

훗날 조선 개국 최고 공신(功臣)이 된 정도전이 호를 삼봉이라고 지은 것도 도담삼봉에 대한 애정이 남달랐기 때문이었다고 전해집니다. 정선에서 단양까지 세 개의 커다란 봉우리가 흘러들어 왔다는 사실을 확신할 수는 없는 일이지만, 삼봉의 빼어난 절경으로 인해 단양이 빛나고 있는 것은 재론의 여지가 없습니다. 햇살에 부서지는 은물결 위에 떠 있는 돛단배에는 신선이 묵상을 하며 앉아 있을 것 같습니다. 많은 시인(詩人)과 묵객(墨客)이 이러한 아름다움에 빠져 시를 읊고 그림을 남긴 것입니다. 공원에는 도담삼봉을 바라보며 앉아 있는 정도전의 모습을 재현해놓은 동상이 있습니다. 지금도 삼봉 정도전은 단양에 머무르며 강을 노래하고 도담삼봉을 노래하면서 유유자적(悠悠自適)하게 살고 있는 것입니다. 정도전을 기리어 단양군에는 '도전리'라는 마을과 '도전로'라는 길이 있습니다.

세상에 문은 많습니다. 그러나 단양 도담삼봉 근처의 강변에 있는 석문(石門)처럼 아름다운 문은 그리 많지 않습니다. 단양 석문은 자연 그대로 이루어진 구름다리 모양의 돌문으로 동양 최대라고 합니다. 이 문을 통해 바라보이는 정경은 한마디로 환상적입니다. 유유히 흐르는 강 물결이 햇살에 은비늘처럼 부서지고 그 너머로 보이는 마을이 수줍은 아낙네의 모습처럼 정겹기만 합니다. 정도전도 이 석문을 통해 강을 바라보고 마을을 바라보면서 사유(思惟)가 깊어졌을 것입니다. 이러한 시간들은 정도전이 훗날 조선의 개국 공신이 되어 한양을 설계하고 조선의 기틀을 잡는 좋은 보약(補藥)이 되었을 것입니다. 도담삼봉에 가면 잠깐 구경하고 사진 한 방 찍은 뒤 서둘러 떠나는 것이 보통이지만, 그 옆 산으로 20분 정도만 오르면 속세에서는 보기 힘든, 천상에서나 볼 수 있을 법한 석문이 있습니다.

사인암(舍人巖)은 단양팔경 중 하나로 푸른 계곡을 끼고 있는 70미터 높이의 기암절벽입니다. 고려 말의 학자 우탁(禹倬)이 정사품 '사인재관' 벼슬에 있을 때 휴양하던 곳이라 해서 사인암이라 불리게 되었습니다. 기암절벽 위에 서 있는 노송(老松)이 그림 같습니다. 이곳 암벽에는 "뛰어난 것은 무리에 비유할 것이 없으며 확실하게 빼지 못한다. 혼자서도 두려운 것이 없으며 세상에 은둔해도 근심함이 없다"라는 우탁의 글이 남아 있습니다. 사인암의 절경을 그리려던 김홍도는 1년 동안이나 붓을 들었다 놓았다 했다고 전해집니다. 그림에 일가를 이룬 김홍도도 사인암의 아름다움을 그림에 담아낼 엄두가 나지 않을 정도로 절경이라는 말입니다. 1년이 지나서야 김홍도가 그린 사인암과 계곡의 절경은 「단원화첩」에 남아 오늘에 전해지고 있습니다.

상선암과 중선암, 하선암도 돌아보았습니다. 상선암은 우암 송시열이 후학을 가르쳤다는 곳입니다. 흐르는 냇가의 넓은 바위에 학동들을 앉혀놓고 강론(講論)을 하거나 담론(談論)을 나누다가 더위에 지치면 냇물에 발을 담그고 머리를 식히곤 했겠지요. 옛 선비들의 넉넉한 마음과 자연을 이용하는 슬기와 지혜를 가늠해보기도 했습니다. 우암은 "신선과 놀던 학(鶴)은 간 곳이 없고 학같이 맑고 깨끗한 영혼이 와 닿는 그런 곳이 바로 상선암"이라 노래했다고 합니다. 그때 이곳에서 자연을 벗 삼아 공부를 하고 호연지기를 키우던 학동들은 어떻게 되었을까 궁금하기도 합니다. 유람선을 타고 구담봉과 옥순봉, 금수산 등 절경을 바라보며 신선이 된 듯 착각을 하기도 했습니다.

단양이 자랑하는 또 하나의 명승지는 남한강 상류에 자리 잡은 고수동굴입니다. 이 동굴은 관광코스로 이용하고 있는 구간이 있고, 나머지 지역은 동굴 환경을 보존하기 위하여 출입통제 구역으로 되어 있습니다. 내부에는 동굴의 수호신이라고 할 수 있는 사자바위를 비롯하여 웅장한 폭포를 이루는 종유석, 선녀탕이라 불리는 물웅덩이가 있습니다. 7미터 길이의 고드름처럼 생긴 종유석, 땅에서 돌출되어 올라온 석순, 석순과 종유석이 만나 기둥을 이룬 석주도 있습니다. 자연적으로 만들어진 다리, 굽어진 암석, 꽃 모양을 하고 있는 암석, 동굴산호, 동굴진주 등 희귀한 암석들도 많이 있습니다. 이 동굴은 고생대의 석회암층에서 만들어진 석회동굴로서 그 학술적 가치 또한 크다고 합니다. 동굴 부근에서는 타제석기와 마제석기가 발견되는 등 이곳이 선사시대부터 주거지였다는 게 밝혀졌습니다. 임진왜란 때 피란길에 밀양 박씨 일가가 이곳 주변을 지나다가 숲이 우거지고 한강의 풍치가 아름다워 정착해 살기 시작했는데, 그곳이 바로 '고수마을'이라고 합니다.

모노레일을 타고 비봉산(飛鳳山) 정상에도 올랐습니다. 청풍호(淸風湖)와 늘어선 산들이 올망졸망 아름다웠습니다. 높은 산에서 내려다보면 세상이 더없이 평온해 보입니다. 하늘을 지나는 흰 구름들이 아옹다옹 살지 말고 내려놓고 살라며 손을 흔들어줍니다. 구름도 가끔 청풍호에 내려와 더위를 식힌 후 다시 하늘로 올라가곤 했습니다. 단양팔경과 청풍호에 푹 빠져 보낸 시간은 정말 의미 있고 소중한 시간이었습니다. 비췻빛 물과 푸르른 하늘, 짙푸른 산자락을 바라보며 몸도 마음도 푸르게 푸르게 변하는 느낌을 받았습니다. 게다가 우암 선생의 기를 받았으니 더욱 잘 살아야겠다는 새로운 각오와 다짐을 해봅니다.

부산 누리마루의 위풍당당

"꽃 피는 동백섬에 봄이 왔건만 …… ." 국민가수 조용필이 부른 「돌아와 요 부산항에」라는 노래입니다. 부산에서도 유명한 해운대에 있는 동백섬은 그리 크지 않은 섬입니다. 그렇지만 빼어난 해안 절경으로 많은 사람들의 사랑을 받고 있는 명소로 손꼽힙니다. 그 동백섬 자락에 '누리마루'가 있습 니다. 지난 2005년 APEC 정상회담을 위해 세운 건물로 기막힌 곳에 자리 잡고 있습니다. '누리마루'는 '온누리'와 '산마루'를 합성한 말이라고 합니다. 세계 각국의 정상들이 모이는 곳이라는 의미를 품고 있습니다. 그동안 수차 례 부산을 찾았었지만 동백섬을 돌아본 것은 처음이었습니다.

누리마루도 당연히 처음이었습니다. 우리나라 전통 건축 양식인 정자를 현대적으로 형상화했고, 지붕은 동백섬의 능선을 본뜬 것이라고 합니다. 전 통 단청을 입힌 천장과 대청마루 느낌을 살린 로비, 석굴암 천장을 모티브로 한 정상회의장은 가히 세계 수준의 건축물이라는 생각이 들었습니다. 탁 트 인 바다 풍광과 주변의 노송들이 조화롭게 어우러진 누리마루는 그 자체로

한 폭의 그림이었습니다. 2005년 APEC 정상회담에 참가한 세계의 정상들과 언론들이 역대 APEC 정상회의장 가운데 가장 뛰어난 곳이라고 극찬을 아끼지 않았다고 합니다. 입구에 있는 십이장생 병풍도 이채로웠습니다. 십장생 병풍이 일반적인 형태인데, 대나무와 천도복숭아를 추가해 십이장생으로 만든 것이라고 합니다. 그 당시 8,000만 원의 제작비가 들었다고 하니 얼마나 심혈을 기울여 만들었는지 짐작이 가고도 남았습니다. 정상들이 기념촬영을 했던 자리에서 정상들과 같은 얼굴 표정으로 사진을 찍으며 한바탕 웃음도 날려보았습니다.

　"21세기 부산의 미래 광안대교가 열어갑니다"라는 기치 아래 부산시가 야심 차게 건설한 광안대교도 정말 아름다웠습니다. 계단을 따라 다리 아래로 내려가 아래에서 올려다보는 광안대교의 전경은 또 다른 모습으로 감탄을 자아내게 했습니다. 광안대교는 교통난의 해소는 물론 해양관광자원으로 활용한다는 전략적 차원에서 건설했다고 합니다. 일반적인 다리와는 달리 복층으로 이루어진 형태가 특이했습니다. 다리 길이가 서해대교보다도 100미터 이상 긴 7.4킬로미터이고 시간대나 요일별, 계절별로 10만 가지 이상의 다양한 색상을 연출할 수 있는 경관조명시설을 갖추었습니다. 대단한 발상이 아닐 수 없습니다. 광안대교는 이미 부산의 상징물로 자리 잡은 듯합니다. 이 다리는 인근의 센텀시티와 함께 부산 발전을 한눈에 보여주는 랜드마크로 시민들의 사랑을 한 몸에 받고 있다고 합니다. 센텀시티 일원도 세계 어느 도시와 견주어도 손색이 없는 훌륭한 도시였습니다. 가히 천지개벽했다는 생각이 들었습니다. 각종 국제회의장과 전시장 시설을 두루 갖춘 BEXCO(벡스코)도 압권이었습니다.

금정산 기슭에 자리 잡은 범어사는 가람 배치가 잘 이루어진 고찰이었습니다. 많은 노송과 고목이 즐비한 이 사찰은 예로부터 명망 높은 고승들이 배출된 기도도량으로 그 명성이 높다고 합니다. 금정산의 기(氣)를 받으며 계곡의 물소리에 속세의 찌든 삶의 더께를 씻어낼 수 있는 천혜의 명당이라는 생각이 들었습니다. 세상을 다 누빈다는 '다누비'라는 미니 관광열차를 타고 태종대를 돌아보는 재미도 쏠쏠했습니다. 부산항만공사에서 APEC 정상들이 탔다는 배를 타고 항만건설 현장도 돌아보았습니다. 이렇게 부산은 놀라운 발전을 거듭하고 있지만, 아이러니하게도 인구는 줄어들고 있다고 합니다. 많은 공장들이 김해나 양산으로 떠났기 때문이라고 합니다. 인구가 조금 줄어들긴 했지만, 아무튼 부산이라는 도시는 눈부시게 비약하고 있습니다.

이제 부산은 세계적인 항구도시로 거듭날 것이라는 확신이 듭니다. 너무나 달라진 모습과 함께 지금도 더없이 활기차게 변해가는 역동성을 느낄 수 있기 때문입니다. 우리 철도가 유라시아 철도와 연결되면 부산은 그 철도의 시발점이자 종착역이 될 것입니다. 부산이 세계적인 도시로 우뚝 서는 날이 오기를 기대해봅니다.

낙안읍성 이야기

　　우리나라처럼 성(城)이 많은 나라도 없습니다. 역사 이래 수많은 외침(外侵)을 당했기 때문일 겁니다. 순천에는 세계 5대 습지로 손꼽히는 순천만이 있습니다. 순천시가 생태수도를 표방하고 있는 이유는 순천만이 있기 때문일 겁니다. 그런데 순천에는 또 다른 명소가 있습니다. 바로 낙안읍성(樂安邑城)입니다. 낙안읍성은 삼면이 김전산과 오봉산, 제석산으로 둘러싸여 있습니다. 남쪽으로는 너른 들이 있는데 이 들은 바로 남해 바다와 이어져 있습니다. 그래서 풍수를 아는 사람들은 이곳을 명당으로 손꼽는다고 합니다.

　　흔히 성은 전략적 요충지로서의 역할을 해야 하기 때문에 산자락을 끼고 있는 것이 상식입니다. 그런데 낙안읍성은 너른 들에 자리 잡고 있습니다. 주변 환경이 가지는 특수성 때문입니다. 북쪽의 금전산을 '쇠산'이라고도 하는데 이 산에서 쇠가 생산되었기 때문입니다. 쇠는 농기구는 물론 무기를 생산하는 중요한 자산입니다. 또한 남쪽의 너른 들과 바다에서는 풍부한 곡식과 해산물까지 생산되었으니 낙안 지역은 말 그대로 모든 것을 갖춘 풍요로운 고장이었습니다. 이러한 연유로 다른 곳의 성과는 다르게 들판에 성을 만든 것이라고 합니다. 그리고 모든 것이 풍부했기 때문에 즐겁고 안락(安樂)하다는 뜻의 낙안으로 불리게 된 것입니다.

낙안읍성에는 많은 것이 세 가지 있다고 합니다. 돌과 쌀과 소리라고 합니다. 돌은 아마도 쇠를 말하는 듯합니다. 너른 들이 있으니 쌀이 많이 나오고 바다에서 나는 물고기까지 모든 게 풍요롭고 아름다운 고장이니 저절로 노래가 나오지 않을 수 없었습니다. 그리고 이런 풍요로운 삶의 환경을 지키기 위해 성을 쌓을 수밖에 없었을 겁니다. 낙안은 옛날부터 쌀이 넉넉했기 때문에 술을 많이 빚어 마셨다고 합니다. 그런데 술을 마시면 바로 집으로 돌아가서 자는 것이 마을 전통이라고 합니다. 평소 절제된 삶을 살아가는 낙안 사람들의 생활 모습을 잘 말해줍니다. 무엇보다 자기 안전은 스스로 지키겠다는 의지에서 비롯된 전통이라는 생각이 듭니다.

낙안읍성에는 관광객들만 있는 것이 아니라 실제로 사람들이 살고 있었습니다. 다른 민속마을과는 달리 80여 가구에 230명의 주민들이 살고 있습니다. 그들은 이곳에서 아이도 키우고 논밭에 곡식을 심고 가꾸며, 옛날 방식으로 아궁이에 장작을 때어 밥을 지어 먹는다고 합니다. 실제로 굴뚝에선 연기가 피어오르고, 그들이 생산한 농산물을 마을 입구 장터에서 팔고 있었습니다. 마치 1960년대 우리네 시골 마을과 같은 모습을 보여주고 있었습니다. 낙안읍성에는 매년 200만 이상의 관광객이 찾아온다고 합니다. 성내에 있는 민박집은 인기가 상종가라고 합니다. 힘겹고 고단했던 옛 추억을 떠올리는 데는 초가집 민박만 한 것도 없을 거라는 생각을 해보았습니다.

낙안읍성의 성은 높이가 3~4미터이고 둘레가 1.4킬로미터 정도 된다고 합니다. 성곽(城郭)을 따라 오르니 온 마을이 한눈에 들어왔습니다. 초가집 안마당과 봉긋한 초가지붕이 올망졸망 늘어서 있었습니다. 마치 순천만의 원형 갈대밭 가운데를 살짝 들어 올린 듯 아름답고 정겹게 늘어선 초가지붕의 모습이 사랑스러웠습니다. 까치발을 하고 보면 돌이나 흙으로 된 담장 너머로 안마당도 보입니다. 여느 시골집처럼 빨래를 하거나 부엌을 드나드는 사람을 볼 수 있었습니다. 나무로 된 마루와 창호지를 바른 문짝도 친근하게 보였습니다. 오늘도 사람들이 살고 있는 낙안읍성 마을을 보며 마치 조선시대로 거슬러 올라간 듯 착각에 빠져들었습니다.

낙안읍성 곳곳엔 봄꽃이 만발해 있었습니다. 물레방아가 재잘거리며 돌아가고 작은 연못에는 연꽃이 얼굴을 붉힌 채 수줍게 웃고 있었습니다. 이름 모를 꽃이 무더기로 피어 있고 높지 않은 대숲의 군무(群舞)가 싱그러운 바람을 부르고 있었습니다. 낙안읍성에서는 50여 수문군이 참여하여 재현해 보이는 수문장 교대식을 볼 수 있습니다. 농촌마을 생활 속에 깊숙이 자리한 짚을 이용해 새끼를 꼬고 가마도 엮는 추억을 만들 수도 있습니다. 그뿐만이 아닙니다. 낙안서당에서 붓글씨를 쓰고 천연 염색으로 옷감에 물을 들이는 일도 해볼 수 있고, 가야금 병창 공연을 보거나 목소리 높여 판소리도 체험할 수가 있다고 합니다. 오랜 역사의 발자취를 더듬어보고 함께할 수 있는 천혜의 민속마을입니다.

낙안읍성은 마을 전체가 사적(史蹟)으로 지정된 문화유산입니다. 조선시대의 성과 동헌(東軒), 객사(客舍), 초가집이 원형대로 보존되어 있습니다. 많은 유무형의 문화유산이 있고 더구나 사람들이 살고 있다는 유일무이한 가치를 지니고 있습니다. 우리나라의 대표적인 조선시대 지방계획도시로도 높이 평가받고 있다고 합니다. 낙안읍성에 대한 순천 사람들의 자부심도 대단했습니다. 지금 순천 사람들은 낙안읍성을 세계문화유산으로 지정받기 위해 잠정목록 등재를 신청하고 낙안읍성의 가치를 세계에 알리는 데 열정을 불태우고 있습니다. 새로 쓰기 시작한 또 하나의 커다란 역사가 시작된 것입니다. 그 열정이 세계인들의 가슴을 불사르고도 남을 것입니다. 낙안읍성이 세계문화유산으로 우뚝 서고 지구촌 가족 모두에게 사랑받는 날이 오기를 기대해봅니다.

취옥백채翠玉白菜를 보고

타이완은 우리나라와 각별한 인연이 있습니다. 공산주의로 인해 민족이 갈라서는 아픔을 겪은 '동병상련(同病相憐)'에 일본 육사 선후배인 박정희와 장제스(蔣介石) 양국 지도자 간의 개인적 인연이 있기 때문입니다. '자유중국'으로 불리던 타이완은 국교가 단절되기 전인 1980년대까지만 해도 혈맹에 가까운 우방국이었습니다. 그런데 이젠 한국을 싫어하고 일본을 좋아한다고 합니다. 1992년 우리나라가 타이완과의 외교관계를 단절하고 중국과 전격적으로 수교하면서 '가깝고도 먼 나라' 사이가 되어버렸습니다. 우리 정부는 타이완과의 외교관계를 단절하고, 서울 명동 거리에 있던 타이완 대사관을 그대로 중국 대사관으로 사용하도록 했습니다. 타이완 국민들은 이 장면을 TV로 피눈물을 흘리면서 지켜보며 마음속으로 칼을 갈았다고 합니다. 여기에 최근 첨단 산업 분야에서 한국의 대기업들에게 밀리기 시작했고 한국의 GNP 등 국력이 타이완을 추월하기 시작하자, 타이완 국민들은 이제 한국에 대해 시기와 질투를 느끼고 있다는 것으로 해석됩니다. 한류 열풍이 전 세계를 휩쓸고 있는 것도 '대륙인'을 자처하는 그들에게 거슬리는 일일 것입니다.

이런 타이완을 사흘간 다녀왔습니다. 신베이(新北) 시와 화롄(花蓮) 시 일대의 101빌딩 전망대와 타이루거(太魯閣) 협곡, 고궁박물원 등을 돌아보았습니다. 우리나라 사람들을 좋아하진 않지만 겉으론 내보이지 않는 듯했습니다. 오히려 담담한 몸짓에 서두르지 않는 대륙 기질이 엿보였습니다. 무엇보다 부러웠던 것은 중국 8,000년의 장대한 역사를 고스란히 간직한 곳이 있다는 사실이었습니다. 그곳이 바로 세계 4대 박물관으로 손꼽히는 타이완 고궁박물원입니다. 장제스가 마오쩌둥(毛澤東) 공산정권에 패해 타이완으로 건너오면서 실어 나른 60만 점이 넘는 보물이 바로 이곳에 있었습니다. 마오쩌둥이 보물을 배에 싣고 가는 장제스를 죽이려고 했지만 보물이 아까워 저우언라이(周恩來)의 충고대로 배를 폭파시키지 않았다고 합니다. 보물이 장제스를 살렸고 지금은 훌륭한 관광자원으로 그 보물들이 타이완을 살리고 있습니다. 보물과 함께 피난길에 오른 장제스나 보물을 지키려 공격하지 않은 마오쩌둥 모두 대단한 인물들이라는 생각이 듭니다. 베이징(北京) 고궁박물원이 90만 점의 소장품을 가지고 있다지만 그 질과 수준, 가치에서 타이완 고궁박물원에 견줄 것이 못 된다고 합니다. 중요한 문화재는 모두 타이완으로 실어 왔다는 겁니다.

고궁박물원에 상설 전시되는 유물은 2만 점으로 3개월마다 한 번씩 교체 전시되고 있다고 합니다. 60만 점이 넘는 소장품 모두를 관람하려면 8년의 시간이 걸린다고 합니다. 유물들은 20개의 전시실에 전시되는데 전시실의 설계와 조명은 관람객들이 작품 감상을 하기 편하게 구성되어 있습니다. 시대순으로 배치된 전시장 입구에는 세계 문화사의 장구한 흐름과 중국 5,000년 역사를 비교하는 연표를 만들어놓아 중국의 역사가 곧 세계사의 중심이었다는 걸 보여주고 있습니다. 비록 중국 본토는 아니지만 8,000년의 장구한 중국 역사가 이곳에서 살아 숨 쉬고 있는 것입니다. 중국 본토에서도 수많은 관광객들이 찾아오고 있다고 합니다. 아마도 이 유물들을 보며 언젠가는 결국 자기네 것이 될 것이라는 생각을 하고 있을지도 모릅니다.

이 유물을 찾는 관광수입만으로도 타이완 국민들이 200년간 놀고먹을 수 있는 가치를 지닌 유산이라고 합니다. 청동기 유적인 모공정(毛公鼎)은 7세에 즉위한 주나라 선왕이 자신을 도와 근면하고 공정하게 나라를 다스린 숙부 모공의 공(功)을 500자 갑골문자로 새겨 하사한 것이라고 합니다. 글은 알 수 없었지만 그릇은 단아하고 웅장한 기운이 감돌고 유려한 아름다움이 오랫동안 눈길을 멈추게 했습니다. '비쇼'는 머리는 용, 날개는 봉황, 말의 몸통을 하고 사슴의 다리를 가진 상상의 동물상입니다. 10센티미터 조금 넘는 그리 크지 않은 작품인데 사악한 것을 물리치는 동물이라 합니다. 황제의 중요한 소장품 이었으며 입은 있으나 항문이 없고 복이 들어오고 재물이 모인다 하여 요즘에는 가게 사무실 등에 장식한다고 합니다.

타이완 고궁박물원에서 가장 유명한 것은 '취옥백채(翠玉白菜)'라고 합니다. 이 보물은 상시 전시되는 유물 중 삼대 보물로 손꼽히고 있습니다. 배추 한 포기 위에 메뚜기 두 마리가 눈망울을 굴리고 있는 작품입니다. 청의 태조가 명나라 장인(匠人)에게 부탁하여 만든 것인데, 안 만들면 모든 친척을 멸한다 하고 만들자니 매국노가 되는 처지라서 고민하다가 푸르고 흰 옥의 특성을 살려 기발한 생각을 담아낸 것입니다. 배추 아랫부분은 하얀색의 옥으로 명나라를, 푸른 잎은 청나라를 염두에 두고 빚어내 두 마리의 메뚜기가 잎사귀를 갉아 먹어 청이 망하기를 바라는 마음을 표현했다는 것입니다. 비췻빛 특유의 청아한 녹색과 맑고 밝은 흰색을 조화시킨 이 작품은, 흰 부분은 순결을 의미하고 배추 잎에 붙어 있는 메뚜기는 다산(多産)을 상징하기도 합니다. 한 덩이의 옥을 저리도 완벽하게 배추로 빚어낸 장인의 손길이 경이로울 뿐이었습니다.

고 이병철 회장이 박물원장의 안내로 고궁박물원을 돌아본 뒤 다시 취옥백채 앞에 서서 "이 작품은 얼마나 갑니까?"라고 물었다고 합니다. 정말 갖고 싶은 마음이 간절했던 것입니다. 박물원장이 "이 유물은 팔 수도 없고 가격 또한 정해진 것이 없습니다"라고 답하자 "그래도 가격은 있을 게 아닙니까?" 하니, 한참을 망설이던 박물원장이 "제주도와 맞바꾸자고 하면 한번 생각을 해보겠습니다"라고 답했다지요. 결국 이 회장은 헛헛한 웃음을 날리며 돌아섰다는 일화가 전해진다고 합니다.

상아(象牙)를 깎아 16개의 공을 만든 작품도 대단했습니다. 주먹보다 조금 더 큰 공에 청 구름과 용 문양의 공 모양을 빚어냈는데 자그마치 16개의 공을 새겨 넣었다니 참으로 불가사의한 일입니다. 가경 황제가 명하여 시작했으나 가경은 보지도 못한 채 눈을 감았고, 3대에 걸쳐 완성되었다고 합니다. 복숭아 씨 속에 108나한을 조각한 작품도 있고, 동파육옥은 흡사 돼지고기 한 덩이를 삶아놓은 것과 구별이 안 될 정도로 정교하게 만들어진 걸작이었습니다. 한 덩이의 옥으로 흑곰과 백곰을 나란히 빚은 작품, 코뿔소의 뿔로 새긴 작품과 도자기들, 청동기와 옥으로 빚어낸 작품 등 발길 닿는 곳마다 수많은 유물들이 저마다 다른 기품을 뽐내며 반겨주었습니다. 이곳의 유물은 타이완의 자랑이자 인류의 자랑이기도 합니다. 타이완 고궁박물원에는 중국 역사의 전통과 삶의 향기가 가득 살아 숨 쉬고 있습니다. 중국을 알려면 타이완 고궁박물원을 찾아야 하는 이유가 여기에 있습니다.

제 3 장

살얼음 위에
꽃 피우다

완장腕章

어느 대기업 임원이 미국 출장 중 기내에서 '라면이 덜 익었다'는 이유로 여승무원을 폭행해 세상을 시끄럽게 만들었습니다. 품격을 갖춰야 할 사회 지도층이 말도 안 되는 일을 벌인 웃지 못할 사건입니다. 네티즌들이 이른 바 신상털기에 나서면서 그의 인적 사항이 인터넷에 떠돌았고 그는 세간의 웃음거리가 되고 말았습니다. 아마도 상무라는 자리로 승진을 하고 처음으로 비행기 일등석 자리를 차지하고 보니 눈에 뵈는 게 없었던 모양입니다. 급기야 미국 FBI가 출동했고 그 임원이 귀국하는 사태가 벌어졌습니다.

어느 군수는 군청 예산으로 자기 땅에 축대를 쌓은 게 말썽이 되기도 했습니다. 대기업 직원이 대리점 사장에게 막말을 해 불매운동이 벌어지기도 했습니다. 권력이라는 완장을 잘못 휘둘렀을 때 얼마나 큰일이 빚어지는지 보여주고 있습니다.

해마다 '시민의' 날에는 지역에서 봉사하고 지역을 빛낸 사람을 문화상 수상자로 선정해 시상합니다. 어느 시의 부시장으로 자리를 옮긴 지 두 달

정도 되었을 때 문화상 심사위원회를 주관하게 되었습니다. 저는 아직 후보자들을 알 수가 없어 회의 운영만 하고 평가는 하질 않았습니다. 그것이 공정하다고 판단했기 때문이었습니다. 그런데 어처구니없는 일이 벌어졌습니다. 탈락된 사람이 밤중에 시장께 전화로 불공정한 심사를 이유로 항의를 하고, 심사가 번복되지 않으면 가맹경기단체장을 그만두겠다고 했다는 겁니다. 기가 막힐 노릇이었습니다.

저는 그 이야기를 듣고 "그런 정도의 근량을 가진 분은 단체장 자격이 없으며, 봉사가 생명인 단체장 자리를 무슨 벼슬로 아는 사람이 있다는 건 시민들에게 불행한 일"이라고 목소리를 높였습니다. 모름지기 사회단체장은 봉사를 하는 자리입니다. 체육단체장은 더더욱 그러하다고 생각합니다. 그런데 문화상 수상자로 선정이 안 됐다고 해서 단체장을 그만두겠다고 엄포(?)를 놓는 건 잘못되어도 크게 잘못된 일입니다. 단체장을 완장으로 착각하는 것입니다. 수상자로 선정된 분도 단체장이고, 객관적인 공적이나 경륜을 봐도 공정한 심사결과였습니다.

2011년 오사마 빈라덴 사살작전 상황실 사진을 보고 세계인들은 입을 모아 이것이 미국의 힘이라는 말을 했다고 합니다. 공군 준장이 중앙에 앉아 있고 오바마 대통령은 작은 의자에 쪼그리고 앉아 상황을 지켜보고 있었습니다. 힐러리 클린턴 장관 등 다른 장관들도 옆자리에 비켜 앉아 있거나 서 있었습니다. 대통령이라면 당연히 중앙 상석에 앉는 것이라는 고정관념이 자리 잡고 있는 우리나라에서는 상상조차 할 수 없는 일입니다. 완장을 차면 대접받는 것이 당연하다는 생각으로 종종 외국에 나가서도 그 습성을 버리지 못해 국제적 망신을 당하는 한국 사람들을 보면 한숨이 절로 나옵니다.

세계 최강국의 대통령도 자리다툼을 하지 않습니다. 최고의 자리에 오른 사람들은 오히려 자신을 낮추고 상대방에게 양보하고 배려해야 합니다. 일정한 자리에 오르면 그 자리에 걸맞는 인격이 뒤따라야 하는데 그렇지 못한 경우가 종종 있습니다. 현직을 떠나면 누구나 평범한 시민으로 돌아갑니다. 그런데 아직도 자신이 현직에 있다고 착각을 하는 분들도 많습니다. 아마도 자리 때문에 고함과 삿대질이 오가고 자리를 박차고 떠나버리는 나라는 우리밖에 없을 겁니다. 좌석 배열이 잘못되었다고 지위나 인격이 낮아지는 것은 아닌데도 말입니다.

사람들은 때로 "사람이 완장 차더니 완전히 달라졌어"라는 말을 푸념처럼 내뱉곤 합니다. 평소에는 안 그랬는데 일정한 지위에 오르더니 달라졌다는 말입니다. 세상에 완장을 찬 사람치고 거들먹거리지 않는 사람은 거의 없습니다. 축사를 시키지 않는다거나 좌석 배열이 잘못됐다고 고함을 치며 행사장을 떠나는 완장을 수없이 보았습니다. 반말하는 법조인은 물론 사회단체장이나 이장직도 벼슬로 알고 거들먹거리는 사람도 보았습니다. 처음에는 안 그랬다가 사람들이 예우를 해주니 자기도 모르게 변하고 완장을 벗고 싶은 마음이 없어지는 것입니다.

완장은 사회 공익과 질서 유지를 위해 희생하고 봉사하는 사람들에게 주어지는 상징물이었습니다. 그런데 완장을 차면 다른 사람들이 받들어 모시고 예우를 해주니 무소불위의 권력을 가졌다는 착각과 탐욕이 생기게 되는 것이지요. 그리고 자신도 모르게 꿀맛을 맛보면서 이성을 잃게 되고 마약과 같은 중독현상에 빠져드는 것입니다. 완장이 갖는 상징성은 중요합니다. 완장을 지켜야 하는 일도 중요하지만 완장을 달아준 사람들을 보살펴야 할 책임이 있기 때문입니다. 결코 완장을 권력으로 생각하면 안 됩니다. 완장을 찰 사람이 차고 완장이 완장답게 쓰일 때 세상이 바로 설 것입니다.

어느 공직자의 뒷모습

　나라의 정승이 바뀔 때마다 진풍경이 연출됩니다. 인사 청문회가 바로 그것입니다. 대개 청문위원들이 의혹을 제기하면 당사자는 손사래를 치며 절대 사실이 아니라고 극구 부인합니다. 치열한 공방전 속에 때론 큰 소리와 삿대질이 오가고 얼굴을 붉히는 일도 비일비재합니다. 당파가 다르다는 이유로 집요하게 물고 늘어지는가 하면 안면을 몰수하고 인신공격을 불사하기도 합니다. 한마디로 꼴불견이고 불쾌하기까지 한 일들이 벌어집니다. 내각에 대한 국회의 인사 청문회 과정에서 벌어지는 여야 간 충돌과 막말은 시민들의 눈살을 찌푸리게 합니다.

　그럼에도 청문회가 갖는 순기능은 분명히 있다고 봅니다. 절대 왕권 국가였던 조선에도 지금의 청문회와 비슷한 제도가 있었다고 합니다. 영의정 서리가 청문회에서 드러난 흠 때문에 낙마한 일이 있었습니다. 정승은 물론 한성판윤도 낙마한 일이 있는 걸 보면 이 제도가 아주 무용지물은 아닌 듯합니다. 적어도 공직의 길을 가고자 하는 사람들, 특히 고위관료에게 자기관리는 철저하고도 엄격해야 한다는 것을 배우게 됩니다. 자신은 물론 주변까지도 관리해야 하는 것이 공직자의 길이라는 생각이 듭니다.

　나라의 녹을 먹으며 살아간다는 것이 결코 쉬운 일은 아닙니다. 공직자는 단순한 월급쟁이가 아니며 철저한 자기관리와 무한 봉사의 마음이 내재되어 있지 않으면 공복의 도리를 다하기 어렵습니다. 따라서 스스로 공부하고 나름의 가치를 설정해 몸과 마음을 가다듬어야 합니다. 부정부패의 고리에서 자유로울 수 있도록 자기관리에도 힘써야 합니다. 가끔 부정한 관리들이 쇠고랑을 차고 콩밥을 먹으러 들어가는 모습을 보게 됩니다. 그럴 때마다 녹을 먹고 사는 사람들은 국민들의 눈총과 손가락질을 받으며 쥐구멍을 찾게 됩니다. 미꾸라지 한 마리가 물을 흐려 놓음으로써 대다수 선의의 공직자들이 도매금으로 매도되는 사태를 맞게 되는 것입니다.

　세상에는 훌륭한 관리들도 많이 있습니다. 말년에 수원 부시장으로 일했던 분이 있습니다. 부인도 경정까지 지낸 경찰간부였습니다. 독실한 기독교 신자인 두 분은 자식이 없는 것도 하늘의 뜻으로 여기고 이웃 사랑을 실천했다고 합니다. 가정 형편이 어려운 학생들을 남모르게 도와 30년 세월 동안 도움을 받은 학생이 50명도 넘는다고 합니다. 출근할 때면 현관문을 일부러 잠그지 않았다고 합니다. 냉장고에는 빵 같은 먹거리를 가득 채워놓고 배고픈 사람이 먹을 수 있도록 했다는 것입니다. 우리네 상식으론 상상이 안 가는 대목입니다.

　얼마 전 고향 마을 부시장을 지낸 퇴직 선배님이 부친상을 당해 조문을 갔다 뵈었는데 한결같이 넉넉하고 평온한 모습이었습니다. 모든 걸 비우고 내려놓은 모습이 신선이 따로 없구나 하는 생각마저 들었습니다. 가지려는 마음보다는 내려놓는 게 어려운 것이 우리의 삶이 아닐까 합니다.

지난달에는 함께 일하는 분이 이사를 위해 하루 연가를 쓰겠다고 한 적이 있습니다. 어디 좋은 곳으로 가느냐며 좋은 일 많이 있었으면 좋겠다는 덕담을 드렸습니다. 그리고 다음 날 새집으로 난을 보내드렸습니다. 며칠 후 술자리에서 만난 그분의 말씀을 듣고 많이 놀라고 감동했습니다. 결혼 후 엊그제까지 30년 가까이 전세를 살다가 그날 처음으로 방 세 개짜리 아파트를 마련해 이사를 했다는 것입니다. 지역 토박이로 30년 넘게 공무원으로 일했고 시청의 국장에 오른 분이 이제야 집을 마련했다니 놀라웠습니다. 특히 그가 맡은 일들은 건설과 관련이 깊은 일이었기 때문에 수많은 사람들의 로비 시도가 많았을 것입니다.

실제로 수많은 유혹과 회유는 물론이고 때로는 협박도 있었다고 합니다. 참기 힘든 그 수많은 유혹을 뿌리치며 살아온 올곧은 삶은 매우 치열했을 것입니다. 부인이 살림에 보태려고 얼굴이 가려지는 모자를 쓰고 호떡 장사를 했다는 대목에서는 가슴이 뭉클해졌습니다. 그래도 그는 이러한 치열한 삶 덕분에 국장도 되고 전세를 벗어날 수 있었다면서 너털웃음을 터뜨렸습니다. 월급만으로는 생활하기가 버거운 것이 사실입니다.

그러나 공직자에게 겉모습이 그리 중요한 건 아닙니다. 겉치레보다는 뒷모습이 아름다워야 진정성이 느껴지는 법입니다. 다산 정약용의 소원은 공직자들이 청렴해져서 백성들이 착취와 압제의 사슬에서 벗어나는 것이었습니다. 48권이라는 방대한 분량으로 엮인 『목민심서』의 주된 내용이 청렴한 공직윤리의 회복에 있음은 의심할 여지가 없을 것입니다. 공직자의 청렴은 반드시 시민들을 위한 봉사정신으로 이어질 것입니다.

상궁 이야기

옛날에 상궁이라는 제도가 있었습니다. 상궁은 『고려사』 백관지에 내직 (內職)으로 등장한 것으로 보아 고려시대에 시작된 제도라고 전해옵니다. 조선시대에는 내명부 제도가 정비됨에 따라 상궁은 궁관의 가장 높은 지위에서 궁내의 일을 총괄하게 되었다고 합니다. 내명부는 크게 내관과 궁관으로 구분되는데 내관은 정일품의 빈(嬪)에서 종사품의 숙원(淑媛)에 이르는 왕의 측실(側室)이었습니다. 궁관은 정오품의 상궁에서 종구품까지 그 칭호에 따라 직책이 나누어졌다고 합니다. 이처럼 상궁의 신분은 대체로 내관과 구분되었으나 왕과 동침하게 되면 내관으로 승격했다고 합니다.

'1,000만 관객'을 불러 모은 영화 〈광해, 왕이 된 남자〉를 통해 새롭게 떠오른 인물이 광해군입니다. 세금을 보유 토지에 따라 부과하는 대동법을 시행하고, 중립적 외교를 펼쳐 백성들의 호응을 얻은 임금입니다. 하지만 광해군 시대는 측근들의 비리가 끊이지 않았던 시대이기도 합니다. 당시 권력의 핵심에 김개시라는 상궁이 있었다고 합니다. 천민 출신의 그 상궁은 광해군의 즉위를 도운 뒤 15년 동안 무소불위의 힘으로 전횡을 일삼았습니다. 김개시의 전횡이 하늘을 찌르자 왕권이 흔들렸고 무리한 궁궐 공사로 이어져 광해군이 민심을 잃게 된 것이라고 합니다.

제가 현대판 상궁(?)을 만난 것은 파주 부시장으로 일할 때였습니다. 농업 관련 기관장들과 정례적으로 만나는 모임에서 처음 그를 만났습니다. 농협 시 지부장으로 일하던 그의 이름이 '상궁'이었습니다. 그것도 남상궁도 아니고 '여상궁'이었습니다. 이름도 그렇고 술 실력이 엄청났기 때문에 처음에는 당황도 했습니다. 그런데 만남이 지속되면서 그의 인간적인 매력에 깊이 빠져들고 말았습니다. 상대방에게 양보하고 배려하는 겸손한 언행에 매료될 수밖에 없었습니다. 제가 만나는 어느 누구도 그에 대해 혹평하는 사람이 없었습니다. 정말 출중하고 대단한 분이라는 생각이 들었습니다.

그는 실제로 상궁이 임금님을 모신다는 생각으로 모든 사람들을 극진히 대한다고 합니다. 농협을 찾는 사람은 물론 현장에서 만나는 농민에 이르기까지 그들의 이야기를 모두 들어주었다고 합니다. 기쁜 일은 물론 어려운 일은 성심을 다해 함께 해줌으로써 모든 사람들이 그를 좋아하게 된 것입니다. 1998년 폭우로 파주 일대가 물에 잠겼을 때 보트를 타고 출근해 사무실을 지키고 정리한 일은 지금도 농협 사회의 무용담으로 회자되고 있습니다. 죽음을 무릅쓰고 소임을 다하기 위해 온몸을 던진 이야기가 언론을 통해 알려졌고, 그는 전국적으로 유명한 사람이 되었습니다.

농협에서 가장 큰 문제는 쌀 문제라고 합니다. 최근 WTO체제로 쌀의 수입량이 매년 늘어나는 반면 소비량은 줄어 모든 부담이 농협과 농민의 몫으로 돌아온다고 합니다. 이를 해결한 것도 여 지부장입니다. 3년 동안에 걸쳐

9개 지역 농협과 협의해 농협 쌀 조합 공동사업법인을 출범시키고, 15개에 이르는 쌀 브랜드를 임진강 쌀로 통일하고 판매를 일원화해 전국 10대 브랜드로 끌어올린 것이지요. 농민 조합원이 원하는 벼 물량은 모두 수매한다고 합니다. 이로 인해 매년 쌀 수요 감소로 쌀 수매를 걱정하던 파주 농민들이 이제는 쌀 판매를 걱정할 필요가 없게 되었습니다.

2008년부터는 일본의 하다노시(秦野市) 농협과 교류를 하며 양국의 농업 발전을 위해 협력하고 있습니다. 우호농협 체결 이후 농업 분야의 교류가 꾸준히 이어지고 있고 두 농협이 서로 상생발전하고 있습니다. 구제역이 발생했을 때는 연인원 1,100여 명이 인력 지원에 나섰으며 6,600만 원 상당의 물품 및 기금을 전달했었습니다. 그는 농협 36년간 18년을 파주에서 일했다고 합니다. 농민을 임금님처럼 모시는 그의 철학이 그를 전국 최초로 6년간 파주시 지부장으로 일하게 한 토대였습니다. 보통 한 곳에서 1~2년 정도 일하는 지부장을 6년 동안 한 것은 전무후무한 일입니다.

사람이 늘 한결같은 마음으로 살아가는 일은 쉽지 않습니다. 더구나 자신을 낮추고 상대방을 임금님처럼 모시며 살아가는 일은 거의 불가능한 일입니다. 농협이 농민을 위해 존재하는 건 당연한 일이지만, 때로 농협이 농민 위에 군림하는 일도 있었습니다. 그는 자신의 이름처럼 농민을 임금님처럼 끔찍이 모셨습니다. 그를 만나 공직자로서 어떻게 살아야 하는지 많은 걸 배웠습니다. 농민을 임금님처럼 모신 그의 이야기는 아름다운 전설로 남을 것입니다.

퇴임식장의 세족식洗足式

　용인에서 두 분의 구청장을 위한 명예퇴임식이 있었습니다. 퇴임식장에서 그들은 40여 년 가까운 공직생활을 뒤돌아보며 만감이 교차하는 표정을 숨기지 못했습니다. 사실 민간 기업에서는 이렇게 오래 일하는 것이 거의 불가능하다고 합니다. 그렇게 오랜 세월 몸담고 일하다 명예퇴임식까지 갖는 것은 행복한 일이라 여겨집니다.

　일반적으로 시군에서는 공직 퇴임자에게 퇴임식을 해주지만 도청에서는 그렇지 못한 것이 현실입니다. 같은 서기관이라도 시에서는 국장이나 구청장급이고, 도는 과장급으로 일합니다. 그렇다 보니 도에서는 과장은 물론 최고위직인 실장, 국장도 변변한 퇴임식도 못한 채 쓸쓸히 공직을 마감합니다. 오랜 세월을 공직에 몸담아 일했는데 퇴임식은 물론이고 추억할 만한 사진조차 남기지 못하는 것은 참으로 가슴 아프고 안타까운 일입니다. 직위에 관계없이 공직을 마무리할 때 퇴임식을 갖는 것이 좋겠다는 생각에서 인사담당 과장과 국장으로 일하면서 이런 상황을 개선해보려 노력했지만 역부족이었습니다.

다만 부지사의 경우에는 공식적인 퇴임식 자리를 마련해주고 있습니다. 그러나 부지사는 선출직을 제외하곤 최고위직인 관리관 자리로, 누구나 할 수 있는 자리가 아니지요. 부지사는 고시 출신도 아무나 할 수 없고, 비고시 출신은 꿈도 못 꾸는 자리입니다.

결국 전체 공무원의 대다수인 비고시 출신 도청 공무원들은 퇴임식조차 못하고 쫓겨나듯 도청을 떠나는 것이 현실입니다. 시군에서는 읍면동장은 물론 일반 평직원들도 퇴임식을 가집니다. 직위에 관계없이 공직을 마무리할 때는 퇴임식을 갖는 것이 좋을 텐데 하는 아쉽고 섭섭한 생각이 듭니다.

퇴임은 단순히 그만두는 것이 아니라 공직을 마무리하는 것이고, 따라서 후배 공무원들과 시민들에게 그동안 도와줘서 고맙다고 인사를 하고 떠나는 것이 도리라고 생각합니다. 공직의 과정을 기록으로 남길 필요도 있습니다. 오랜 세월의 공직을 잘 마무리한 것은 그 자체로 영광스러운 일입니다. 훗날에 손자와 후손이 우리 할아버지가 공무원으로 일하셨고 후배들을 위해 용퇴하신 분이라고 기억할 수 있도록 기록을 남길 필요가 있다는 말입니다. 퇴임식을 통해 그동안의 소회를 밝히고 후배들을 위한 조언과 도와준 모든 사람들에게 고맙다는 인사를 하고 떠날 수 있도록 배려해주어야 할 것입니다.

사실 공무원들은 여러 가지로 제약이 많습니다. 일반인들보다 훨씬 엄격한 잣대가 적용됩니다. 심지어 공직에 몸담은 사람은 목사나 신부, 스님같이 거의 성직자 수준으로 살아야 한다는 말을 듣기도 합니다. 공직사회 내부는 물론 공직사회를 바라보는 세간의 평가도 중요합니다. 공무원 개개인은 물론 공직사회 전반을 평가하기도 합니다. 공직에 몸담은 사람이 자기관리를 철저히 해야 하는 것은 이러한 이유이지요.

이날 퇴임식에서는 퇴임하는 구청장이 막내 직원의 발을 씻어주고 막내 직원이 구청장의 발을 씻어주는 세족식(洗足式)이 눈길을 모았습니다. 구청장은 막내 직원에게 앞으로 공직생활 동안 정갈한 마음으로 발로 뛰며 봉사하라고, 막내 직원은 구청장에게 퇴임 후에도 건강하고 행복한 길을 가시라는 뜻으로 서로의 발을 씻어주었다고 합니다.

참으로 흐뭇했습니다. 떠나는 사람이나 남는 사람이나 넉넉한 정을 느낄 수가 있었습니다. 퇴임식은 끝이 아니라 또 다른 시작의 순간입니다. 요즘은 100세 시대이자 인생 3막의 시대라고 합니다. 퇴임 후 30년 세월을 어떻게 보내느냐 하는 문제가 사회적 문제로 대두되고 있습니다.

퇴임 공직자들은 그 자체로 좋은 인적 자원이기도 합니다. 그런데도 퇴임 후에는 대부분 실업자(?)로 전락하는 게 상례입니다. 개인은 물론 국가적으로도 아깝다는 생각이 듭니다. 적당한 일자리가 필요합니다. 많은 공무원들이 퇴임 후엔 새로운 일자리를 찾아 인생 3막을 열어나가기를 소망해봅니다.

공무원, 을ㄹ의 정신으로 돌아가자

　　세간의 화두는 단연 새로운 일자리 창출입니다. 시간제 일자리니 탄력적 유연근무제니 하는 것들이 일자리를 늘리기 위한 묘안으로 제시되고 있기도 합니다. 그러나 무엇보다 중요한 것은 기업 활동을 지원하는 일이라고 생각합니다. 공공 부문에서 할 수 있는 일이 한계가 있기 때문입니다. 지금 우리 경제는 실질적으로 대기업이 이끌어가고 있다고 해도 지나침이 없습니다. 비록 삼성전자가 사상 최고의 매출을 올리는 등 대기업들이 선전하고 있지만, 마치 전체 경제가 잘 돌아가고 있는 것 같은 착시현상이 일어나고 있는 것은 아닌지 우려가 됩니다.

　　이제는 중소기업의 생산 활동이 활발해져야 한다고 생각합니다. 중소기업이 위축되면 나라 경제와 소시민들의 살림살이도 위축될 수밖에 없기 때문입니다. 기업을 살리려면 기업인들의 눈높이에서 모든 지원이 이뤄져야만 합니다. 말 그대로 기업 하기 좋은 환경이 조성되어야 한다는 것이지요. 그런데 현실은 그렇지 못한 듯합니다. 며칠 전 상공회의소에서 기업인 대표들을 만나 고충을 듣는 시간을 가졌는데 한마디로 충격 그 자체였습니다. 그동안 새로운 기업을 유치하고 기존 기업 활동을 지원하기 위한 각종 시책이 무색하다 못해 무용지물이었구나 하는 자괴감마저 들었습니다.

한 여성 기업인이 울먹이며 공장을 새로 이전하는 과정에서 겪은 애환을 토로할 때는 부끄럽고 창피해서 얼굴을 들지 못할 지경이었습니다. 3만 5,000제곱미터의 부지를 확보해 공장을 이전하는 데 14개월이나 걸렸다며 분노하는데 듣기가 민망했습니다. 부지 안에 있는 나무를 베는데 담당 공무원이 안내를 잘못해 세 번이나 다시 작업을 했다는 것입니다. 돈도 돈이지만 4~5개월이나 허송세월을 보냈다며 울분을 토했습니다. 개발 부담금도 개발된 이후의 가격을 적용했고 재심의를 청구해서 겨우 절반으로 줄일 수 있었다며 목청을 높였습니다. 또한 이러저러한 이유와 서류 보완 등으로 인허가만 1년 이상이 걸렸는데, 도대체 공무원이 누굴 위해 존재하느냐며 분개하는 것을 보며 정말 부끄럽고 죄송한 생각에 몸 둘 바를 몰랐습니다.

다른 기업인들의 불만도 이어졌습니다. 수변 지역에 있는 공장의 증축이 어려워 다른 지자체에 있는 건물을 임차해 사용하고 있어 생산성과 효율성이 떨어진다고 하소연했습니다. 공장 부지를 매입하는 과정에서 법인이라 농지를 취득할 수 없어 어쩔 수 없이 개인 명의로 매입한 땅 때문에 강제이행금을 물게 생겼다는 고충도 토로했습니다. 농지로 사용하지 못하니 주차장으로 쓸 수 있도록 해달라는 건의도 쏟아졌습니다. 소규모 공장에 폐수처리장을 설치하면 배보다 배꼽이 커지는 것 아니냐며 목소리를 높였습니다. 상수도 배관의 설치나 진입도로, 교량의 설치 등을 건의하기도 했습니다.

무엇보다 충격적이었던 것은 대부분의 기업인들이 공무원들의 무사안일한 자세를 질타하고 나섰다는 사실이었습니다. 말로는 기업 유치니 기업 하기 좋은 환경 만들기니 외치지만 도움이 전혀 안 된다는 것이었습니다. 용인은 교통여건이 좋고 고급인력이 선호하는 지역으로 기업 차원에서는 경쟁력이 있는 지역으로 손꼽히는데 공무원이 문제라니 보통 일은 아니라는 생각이 들었습니다. 공무원은 국민의 세금을 먹고 사는 영원한 '을'인데 '갑'으로 착각하는 사람이 있다니 충격적이고 별별 생각이 다 들었습니다. 경력이 짧은 직원들이 업무가 미숙하고 생각의 폭이 넓지 않아 이런 일이 생긴 것이 아닐까 위안을 해보았지만 도무지 개운치가 않았습니다.

기업인이 생각하는 공무원은 절대적으로 변해야 한다는 것이 중론이었습니다. 안타깝고 부끄럽고 가슴 아픈 순간이었습니다. 그러나 기업인과 공무원 사이의 간극(間隙)이 너무 크다는 걸 절감한 것은 의미 있는 일이었습니다. 흔히들 우리나라가 이만큼 발전한 것은 새마을 운동 당시부터 공무원의 힘이 컸다고들 합니다. 그러나 기업인들이야말로 우리나라 발전을 이끌어온 주역이라는 사실에는 이론의 여지가 없습니다. 지금은 개방과 공유, 소통과 협력을 넘어 정책 개발에도 기업인을 참여시켜야 할 시점이라고 생각합니다. 나부터 변해야겠다는 새로운 각오와 다짐을 했습니다. 공직자 모두가 기업인들의 질타와 충고를 겸허히 받아들이고 진정한 '을'로서의 역할을 다해주기를 기대해봅니다.

공무원도 상품입니다

공무원을 공공의 심부름꾼 또는 '공공의 머슴(Public Servant)'이라고 합니다. 한마디로 국민을 위해 공공의 법을 집행하고, 국민의 삶의 질 향상을 위해 신명을 바쳐야 하는 사람들입니다. 따라서 공무원들의 책임은 무한하고 도덕적으로도 사회의 모범이 되어야 한다는 사명감이 뒤따릅니다. 최근 들어 공무원에 대한 사회적 관심이 그 어느 때보다 높아지고 있다는 것을 실감하게 됩니다.

최근 경기도가 시행한 신규 공무원 채용 시험의 경우 7급이 283대 1의 경쟁률을 보였고, 특히 행정직은 12명 모집에 6,321명이 응시해 526대 1의 경쟁률을 보였습니다. 제가 공직사회의 문을 두드리던 1970년대와 비교하면 가히 폭발적인 현상입니다. 공무원의 처우나 근무 환경 또는 후생복지시스템이 잘되어 있어서 그런 것만은 아닙니다. 최근 들어 경제가 바닥을 치고 취업하는 것이 전쟁처럼 치열하기 때문에 상대적으로 나타나는 현상이라는 게 대체적인 시각입니다.

행정은 두말할 필요도 없이 국민의 복리 증진과 삶의 질 향상을 위해 집행되어야 한다는 명제가 있습니다. 행정이야말로 고도의 기술이 필요한 것이며 명분을 갖추는 일 또한 중요합니다. 명분이 뒤따르지 않으면 국민의 협조를 받을 수 없고 행정이 추구하는 소기의 목적을 달성할 수 없기 때문입니다. 또한 공직자가 존재하는 것은 국민이 있기 때문에 행정의 명분도 국민으로부터 찾아야 하고, 국민이야말로 가장 소중한 고객이라는 사실을 잊어서는 안 됩니다.

　공직자라면 가끔 『목민심서』를 저술한 다산 정약용을 떠올릴 필요가 있습니다. 당대의 문장가이자 과학자요, 철학자인 다산이야말로 오늘날에도 행정을 어떻게 하고 공직자의 자세가 어떠해야 하는지를 가르쳐주는 길라잡이가 되기 때문입니다. 군이 수처작주(隨處作主)나 실사구시(實事求是)를 들먹일 필요조차 없습니다. 어떤 사안을 두고 다산 선생이라면 어떻게 일을 처리하고 일의 중심을 어디에 두었을까 반문해볼 필요가 있습니다.

　무한봉사(無限奉仕)의 길을 가는 공직자라면 공직자로 살아가는 이유와 명분에 대해 곰곰이 곱씹어보고 이를 실천하며 살아가야 합니다. 궂은일은 쳐다보지도 않으면서 양지만을 찾는 일은 없어야 합니다. 누가 알아주든 말든 맡은 일을 묵묵히 처리하는 것이야말로 공직자가 지향해나가야 할 덕목이라는 사실을 잊어서는 안 됩니다. 따라서 나 스스로 일한 만큼 정당하게 대우받고 일하지 않았으면 어떤 불이익도 감수하겠다는 마음가짐이 필요합니다.

　예나 지금이나 공무원은 국민의 심부름꾼이자 머슴입니다. 그리고 공무원도 상품입니다. 사람들은 누가 얼마나 열심히 일하는지, 그 사람의 됨됨이나 가치수준은 어떤지 너무도 잘 알고 있습니다. 어떤 사람은 여러 부서에서 추천이 되지만 전혀 추천되지 않는 사람도 있습니다. 심지어는 후임자가 없어도 좋으니 특정인을 다른 곳으로 방출해달라는 사례도 있습니다. 공무원 인사는 본인이 하기 나름입니다.

공직사회 내부는 물론 공직사회를 바라보는 세간의 평가도 매우 중요합니다. 세간의 평가는 공무원 개개인은 물론 공직사회 전반을 평가하고 때로 사회적인 문제로 대두될 수도 있기 때문에 결국은 같은 공직자라도 본인의 노력 여하에 따라 세간의 평가는 극명하게 달라집니다. 본인이 남보다 늦어지고 인정받지 못하는 것은 결국 본인의 책임이지 다른 사람의 잘못이 아니라는 사실을 알아야만 합니다.

상품의 가치를 높이는 일은 분명 본인 스스로 해결해야 할 문제입니다. 일도 열심히 하고 조직에도 기여하는 전천후 공직자가 되기 위해서는 끊임없는 노력과 실천이 뒤따라야만 하고, 그것이 주민들의 삶의 질 향상과 직결되어야 합니다. 공공의 머슴인 공무원도 상품입니다. 그러나 공공의 상품입니다.

공무원은 국민의 세금을 먹고 사는 영원한 '을'의 존재입니다. 그런데 가끔 '갑'으로 착각하는 공무원이 있습니다. 공무원 스스로 생각을 바꾸고 역량을 높이는 일은 개인은 물론 국가발전을 위해 더없이 중요하고 소중한 일입니다. 우리나라 미래의 꿈과 희망이 공무원들의 역량에 달려 있다는 사실을 한시라도 잊어서는 안 될 것입니다. 공무원들이 밤낮없이 땀 흘려 일하며 살아야 하는 이유입니다.

행정을 디자인하자

행정의 본질은 공익입니다. 그러나 행정이 무엇인지를 한마디로 정의하는 일은 결코 쉬운 일이 아닙니다. 한 분야에서 20년 이상 일을 하면 전문가 반열에 오를 수 있다는 것이 일반적인 상식입니다. 그러나 30년 넘도록 공무원으로 살아왔지만 아직도 행정이 어렵고 힘들다는 걸 절감할 때가 있습니다. 법과 규정에 따라 일하고 있지만 때에 따라서는 현실과 상충되는 부분이 있기 때문입니다. 정무적인 판단을 필요로 하는 경우도 있습니다.

어떤 일이 생기면 어느 정도 감이 잡히고 일머리를 어떻게 풀어가야 하는지 그림이 그려지긴 합니다. 그런데 가끔 떠오르는 생각만으론 부족하다는 걸 실감할 때가 있습니다. 행정을 감각만으로 처리해선 안 되겠다는 생각이 들 때입니다. 주변의 여러 가지 상황을 고려해서 입체적으로 일을 처리해야 한다는 뜻입니다. 그런데 그게 그리 간단치 않다는 데 문제가 있습니다. 종합적인 판단 능력을 갖춘 행정기술이 필요합니다.

자그마한 광고물에서부터 건축물은 물론 도시계획에 이르기까지 제각기 다른 여건을 반영해야만 합니다. 산지 개발에 따른 경사도를 지역 여건에 따라 달리 적용하는 경우가 좋은 사례입니다. 법과 규정을 준수하되 유연하고 탄력적으로 행정을 펼쳐야 된다는 말입니다. 현장을 찾아 민원인의 마음을 읽고 본질을 올바르게 보고 일을 처리하는 일이 중요합니다.

디자이너는 설계나 도안 등을 전문으로 하는 사람입니다. 이제는 행정도 전문적인 분석을 바탕으로 디자인해야 합니다. 디자인 속에는 반드시 주민들의 생각이 담겨야만 하는데, 행정은 모든 주민의 생활에 영향을 미치기 때문입니다. 잘 디자인된 일은 공익적 측면에서 긍정적이고 발전적으로 작용합니다. 그렇지 못하면 많은 사람들에게 불편을 주고 손해를 끼치게 됩니다. 행정의 공익성이 강조되고 있는 것은 이러한 이유입니다.

작은 인허가 업무에서부터 건축물과 도로를 건설하고 신도시를 건설하는 일에 이르기까지 디자인이 필요한 이유입니다. 현수막 게시대의 플래카드가 태풍이 닥치거나 장마 때 아래로 내려오게 해서 훼손을 막는 것을 보았습니다. 버스 정류장도 사람이 들어가면 불이 켜지고 나오면 꺼지도록 설치한 사례를 보았습니다. 버스를 기다리는 사람은 무섭지 않아 좋고 운전기사는 불이 켜진 정류장에서는 서고 꺼져 있으면 그냥 지나치면 되는 시스템입니다.

작은 일이지만 주민들이 느끼는 체감온도에는 큰 차이가 납니다. 재개발될 위기에 놓인 곳을 벽화마을로 바꿔 남해안의 관광 명소가 된 동피랑마을이 좋은 사례입니다. 일부 자치단체는 하수종말처리장과 쓰레기 소각장 시설을 지하로 배치하고 지상엔 체육시설과 공원을 만들어 호평을 받고 있습니다. 굴뚝을 활용해 전망대와 레스토랑을 만들어 시민들의 휴식공간으로 되돌려준 것도 주민의 마음을 읽고 반영한 좋은 결과물입니다.

나비축제나 장단콩축제 등이 호평을 받는 것도 주민들과 함께하는 축제이기 때문입니다. 힐링을 위한 자연휴양림과 올레길, 둘레길 등도 좋은 평가를 받고 있습니다. 도시 팽창으로부터 순천만습지를 보호하고 관광활성화 차원에서 디자인된 정원박람회도 큰 호평을 받고 있습니다. 미래를 생각한 한발 앞선 관점에서 디자인된 박람회이기 때문입니다. 일반적인 시각을 탈피한 수준 높고 가치 있는 행정 디자인이 필요한 이유입니다.

행정이 추구하는 것을 실현하기 위해서는 능동적인 생각으로 규범을 뛰어넘어서야 합니다. 따라서 어떤 일을 처리할 때 씨앗을 심고 싹을 틔우고 꽃을 피우고 열매를 맺기까지의 과정을 디자인할 필요가 있습니다. 잘 디자인된 일은 긍정적이고 발전적으로 작용하지만 그렇지 못하면 많은 사람들에게 불편을 주고 손해를 끼치기 때문입니다.

공무원들이 월급의 1퍼센트를 추렴해 복지시설 어린이와 기초생활수급자녀, 한부모와 조손(祖孫)가정 자녀를 지원하는 곳도 있습니다. 학습 지도는 물론 나들이, 문화 관람이나 전염병 예방관리, 집수리 등 다양한 활동을 펼치는 것입니다. 정기적으로 복지시설에 성금을 기탁하고 봉사활동도 하는 공무원 동아리도 많습니다. 말 그대로 공복(公僕)으로 무한봉사의 길을 가고 있습니다. 이 같은 노력이 또 다른 감성행정의 좋은 사례로 평가받고 있습니다.

지금은 일반적인 생각을 넘어 넉넉한 가슴으로 감동을 줄 수 있는 감성행정을 펼칠 때입니다. 단순히 법규나 규정을 적용하는 수준을 넘어 더욱 입체적이고 미래지향적인 행정 디자인이 필요합니다. 잘 디자인된 행정이 주민들을 행복하게 하고 새롭고 수준 높은 미래발전을 담보할 수 있습니다.
행정을 잘 디자인해야만 하는 이유와 명분이 여기에 있습니다.

지방축제를 말한다

대한민국은 '축제공화국'이라는 말이 있습니다. 풀뿌리 민주주의라는 지방자치 이후 새로 생겨난 신조어입니다. 2012년 전국에서 열린 축제가 자그마치 2,400개가 넘는다고 하니 그리 불릴 만도 합니다. 매일 일곱 개의 축제가 열리고, 이에 따른 예산만 2,600억 이상 들어갔다고 합니다. 비공식적으로 들어간 예산까지 합하면 천문학적인 돈이 들어갔을 것입니다. 축제는 모두가 공감하며 보고 즐길 수 있어야 합니다. 그런데 우후죽순처럼 늘어나는 축제를 보며 예산낭비가 아니냐는 우려의 목소리가 높아지고 있습니다.

세간에는 지자체의 축제들이 천편일률적이고 차별성이 없다는 여론이 지배적입니다. 가수 초청 공연이나 풍물놀이, 시민 노래자랑 등 먹고 놀자판 축제가 대부분이라 붕어빵 축제, 이벤트성 축제라는 비판이 쏟아집니다. 그러나 중앙정부에서는 통제할 방법이 없습니다. 지자체가 자체 예산으로 치르는 축제가 대부분이기 때문입니다. 그 많은 축제 중 2013년 정부가 지정한 공식 문화관광축제는 42개에 불과하다는 게 이를 반증해주고 있습니다. 대부분의 축제가 차별성도 없고 경제성도 없다는 지적을 간과해서는 안 될 것입니다.

인구 40만인 파주시에서는 세 개의 축제가 열리고 있습니다. '장단콩축제'는 3일 동안 60만 이상이 찾아오고 70억 이상의 매출을 올리고 있습니다. 콩만 파는 게 아니라 메주 만들기, 도리깨 콩 타작, 솥뚜껑 콩 볶기, 어린이 맷돌 체험, 두유 마시기 등 콩과 관련된 체험 프로그램으로 인산인해를 이룹니다. 200개의 좌판에서는 시골 어르신들이 거둬들인 농산물을 팔아 쏠쏠한 재미를 보고 있습니다. 인삼축제 역시 장단콩축제와 비슷한 성과를 올리고 있습니다. 주민 소득과 직결되는 모범적인 축제로 평가받는 이유입니다.

함평의 '나비축제'는 전국적인 축제로 명성이 높습니다. 이 축제를 통해 매년 100만이 넘는 관광객이 찾아오고 수백억의 경제적 파급효과를 거둔다고 합니다. 그뿐만이 아니라 나비축제가 가져다준 함평의 브랜드 가치는 상상하기 어려울 정도의 부가가치를 창출할 것으로 기대하고 있습니다. 함평의 나비브랜드는 우리나라를 넘어 세계적인 수준이라는 평가를 받고 있습니다. 모방이 아닌 독자적이고 창의적인 발상과 일관된 추진력이 가져다준 결실인 것입니다. 방송국 PD 출신의 단체장이 삼선을 하면서 변함없이 축제를 준비한 것도 성공요인으로 분석되고 있습니다.

화천의 '산천어축제'도 다른 지역 축제와 다른 콘텐츠로 좋은 평가를 받고 있습니다. 이 축제는 가장 춥고 두꺼운 얼음이 어는 시기에 전국에서 가장 빨리 열리는 축제로 손꼽히고 있습니다. 40센티미터가 넘는 두꺼운 얼음을 깨고 바닥까지 보이는 맑은 물속 산천어를 남녀노소 누구나 쉽게 낚을 수 있어 큰 인기라고 합니다. 차가운 얼음물에 뛰어들어 맨손으로 잡는 '산천어 맨손잡기'와 '얼음썰매', '얼음축구' 등 체험프로그램이 다양한 것이 장점입니다. 볼거리와 즐길 거리가 가득한 개성 있는 축제이고 지역경제에 미치는 파급효과가 크다는 호평을 받고 있습니다. 발상의 전환이 얼마나 중요한지를 대변하고 있는 축제입니다.

그러나 급조된 축제도 많고 내실 없이 겉치레에 불과한 축제도 많습니다. 이러다 보니 10년 전 500개가 채 안 되던 축제가 5배로 늘어났습니다. 시장이나 군수들이 축제를 개인적인 야심과 연결시키기 위해 양산시켰습니다. 함평과 인구가 비슷한 괴산에선 13개의 축제가 열린다고 하는데 이는 매달 한 차례의 축제가 열리는 셈입니다. 축제를 자신의 치적으로 만들고 홍보의 수단으로 활용하려는 의도는 알만 한 사람은 다 알고 있습니다. 표를 의식해 무분별하게 축제를 만들고 있다는 비판이 쏟아지고 있습니다. 이웃 자치단체의 축제를 베끼는 곳도 많습니다. 제주도 유채꽃 축제를 베낀 곳이 열 군데가 넘는다고 합니다. 대표적인 겨울축제로 명성 높은 화천 산천어축제를 모방한 얼음낚시 축제를 여는 곳도 열 군데가 넘는다고 합니다.

준비가 소홀해 사람이 죽거나 다치는 사고도 발생하고 있습니다. 축제의 방향이 재설정되어야 하는 이유입니다. 시군마다 재정난이라고 아우성입니다. 그렇다면 먹고 마시고 노래 부르고 춤추는 일은 자제하는 게 맞습니다. 호주머니가 가벼우면 먹고 마시는 것부터 줄이는 게 상책이라는 건 불변의 진리입니다. 지역 전통을 살리고 돈 되는 축제를 빼곤 과감히 정리해야만 합니다. 그게 정답입니다. 지금 우리는 지방축제의 대수술이 시급한 위기의 시대를 살고 있습니다.

세상에 공짜는 없다

복지와 증세가 세간의 화두이자 논쟁의 핵으로 떠올랐습니다. 복지는 말 그대로 높은 삶의 질을 보장하는 것입니다. 그러나 모두가 복지를 외치지만 이에 따른 재원에 대한 목소리는 들리지 않는 게 현실입니다. 복지수준을 높이려면 재원규모도 늘어나야만 합니다. 사회복지가 잘되어 있는 나라는 국민이 내는 세금부담도 높습니다. 지극히 당연한 일입니다. 복지의 수준을 높이려면 세금부담이 늘어나야 한다는 말이지요. 그런데 우리의 현실은 이와는 거리가 먼 것이 사실입니다.

경기도의 경우 복지예산 비중이 2004년 12.5퍼센트에서 2013년 28.5퍼센트로 두 배 이상 증가했습니다. 2004년 1조 6,000억이 넘었던 가용재원은 2013년 8,000억 수준으로 반토막이 났다고 합니다. 복지비 부담 때문입니다. 여기에 새정부 복지공약 이행에 5년간 1조 3,000억이 추가로 필요하다지만 문제는 세수가 감소된다는 겁니다. 2013년 세수결함이 최소 4,000억 이상 될 것으로 예상된다고 합니다. 급기야 도는 3,000억 이상을 감액 추경하는 극약처방을 내놓기에 이르렀습니다.

엎친 데 덮친 격으로 정부가 최근 취득세율을 영구 인하한다고 발표했습니다. 재정건전성이 더욱 악화될 수밖에 없는 돌발 상황이 발생한 것입니다. 울고 싶은데 뺨을 맞은 격입니다. 2014년에는 2013년보다 세수가 3,000억 이상 더 줄어들 전망이라고 합니다. 재정운영에 빨간불이 켜지고 총체적으로 재정운영에 대한 재검토에 들어갔지만 현재로선 뾰족한 수가 없다고 울상입니다. 그럼에도 복지부담은 더욱 늘어날 수밖에 없습니다.

도는 내년에도 가용재원이 많아야 8,000억 수준인데 복지비용이 3,000억이 늘면 전액 복지비에 쏟아부을 수밖에 없는 실정이라고 합니다. 다른 사업은 아무것도 할 수 없고, 지방채 발행이 불가피하다는 것입니다. 취득세 인하대책이 국회에서 늦어지면 2,000억 이상의 세수가 감소될 것이라는 분석도 내놓았습니다. 이에 따라 2014년엔 법정사업은 도비를 부담하되 비법정 사업은 도비 부담을 하지 않을 것이라고 합니다. 무상급식 예산을 전액 삭감키로 결정한 이유입니다. 현 상황으로는 어쩔 수 없다는 것입니다.

최근 정부와 새누리당이 증세계획을 발표했습니다. 국민들은 즉각 반발했고 야당도 반격에 나섰습니다. 복지정책을 추진하기 위해서는 재원의 확충이 필수적이고 증세가 어쩔 수 없지만 만만한 월급쟁이의 지갑을 털어간다는 데 분노한 것입니다. 유리지갑을 터느니 대기업 법인세를 올려야 한다는 주장도 제기되었습니다. 그러나 법인세를 올리는 것도 명분이 없고, 상위 1퍼센트에 대한 증세를 주장하는 사람도 있지만 이 또한 추상적이고 설득력이 없다는 분석이 지배적입니다.

보편적 복지냐 선택적 복지냐를 두고도 상반된 주장이 난무하고 있습니다. 문제는 어떤 것을 취하든 장단점이 있고 재정이 뒤따라야 한다는 것이지요. 정부는 그동안 복지정책을 내놓으면서 재정확보에 대한 대책은 내놓지 못했습니다. 그리고 이에 따른 부담을 상당부분 지자체에 전가시켰습니다. 지자체가 복지예산 부담으로 몸살을 앓고 있는 이유입니다. 아무런 예산지원이나 재원확보 마련을 위한 제도적 뒷받침 없이 복지예산 부담을 지자체에 맡겨 이러한 현상이 초래되고 있습니다.

고교생 무상급식도 시행할 계획이라고 합니다. 이마저도 아무런 재원대책 없이 지자체에 전가시킬 것이라면 문제도 보통 문제가 아닙니다. 지자체에서는 다른 사업을 전혀 하지 못하는 결과가 초래될지도 모릅니다. 말이 지방자치이지 아직 중앙에 예속된 반쪽 자치라는 푸념이 쏟아지고 있습니다. 아직도 많은 권한을 중앙정부가 갖고 있다는 이야기입니다. 지자체가 스스로 할 수 있는 게 거의 없다는 것입니다. 자율성이 없는 지방자치는 자치가 아닙니다. 복지 문제는 빙산의 일각이라는 생각이 듭니다. 집안 살림살이도 돈이 있어야 제대로 굴러갑니다. 시군의 살림살이도 마찬가지입니다. 곳간에서 인심 난다고 했습니다. 돈이 없는 지자체에 복지예산을 부담시키는 게 말이 안 되는 이유입니다.

국민들도 그렇습니다. 무조건 공짜를 바라는 생각을 버려야만 합니다. "세상에 공짜는 없다"라는 말이 있습니다. 복지를 늘리려면 재원 마련을 위한 증세는 필수적입니다. 복지를 외치면서 증세를 반대하는 것은 모순입니다. 증세 없는 보편적 복지는 허구일 뿐입니다.

지금이야말로 보편적 복지와 선택적 복지를 심각히 고민할 때라고 생각합니다. 내 호주머니는 그대로 두고 남의 호주머니를 털어 혜택을 보겠다는 것은 비겁한 일입니다. 분명한 것은 지금 우리의 선택이 나라의 흥망성쇠를 가르게 될 것이라는 사실입니다.

삼천갑자 동방삭 三千甲子 東方朔

어느 날 저승사자가 동방삭을 잡아가려고 세상에 내려왔다고 합니다. 그러나 동방삭은 그가 저승에 있을 때 천상에서 큰 공을 세운 후 옥황상제로부터 삼천갑자를 살도록 특권을 받았다고 속여 저승사자를 돌려보냈습니다. 저승사자는 다시 인간들의 생명록을 뒤져본 다음 동방삭의 수명이 60년밖에 되지 않았으므로 다시 잡으러 내려왔다고 합니다. 이번에도 동방삭은 등창 앓던 종기 자국을 보이며 이것이 옥황상제의 인(印)이라고 다시 속였습니다. 천상에서의 일각은 지상에서는 몇백 년의 세월과 같았으므로 동방삭은 삼천갑자라는 수명을 누릴 수 있었다는 겁니다. 1갑이 60년이니 18만 년을 살았다는 것입니다.

저승사자는 옥황상제께 삼천갑자의 생을 누리도록 동방삭에게 특전을 베풀었는지의 여부를 조회해보았으나 모두 거짓임이 드러났습니다. 이 사실을 알게 된 동방삭이 용인에 숨어들었고 저승사자가 동방삭이 숨을 만한 곳은 모두 찾아보았으나 헛수고였다고 합니다. 생각 끝에 숯을 한 짐 져다가 개울에 앉아서 매일 숯을 닦고 있었다고 합니다. 어느 날 동방삭이 개울 근처를 지나다가 검은 물이 흐르는 것을 보고 이상히 여겨 상류 쪽으로 가보니 어떤 사람이 숯을 닦고 있었습니다. 이상히 여겨 그 연유를 물었다고 합니다. 저승사자는 이렇게 닦고 있으면 아무리 검은 것이라도 언젠가는 희게 될 것이라고 말했답니다.

동방삭은 하도 어이가 없어 자신도 모르게 삼천갑자를 살았지만 숯을 닦아 희게 만들겠다는 사람은 처음 본다고 말했다고 합니다. 이 말이 화근이 되어 결국 신분이 탄로 나고 그 자리에서 저승사자에게 잡혀갔다는 겁니다. 그 후 사람들은 이 내를 '숯내' 또는 '탄천(炭川)'이라 부르기 시작했다고 전해집니다. 삼천갑자 동방삭 이야기는 우리에게 친숙한 전설입니다. 그러나 탄천이 동방삭과 연관이 있다는 사실을 아는 사람은 그리 많지 않습니다. 전설을 주제로 관광자원을 만드는 일은 매우 중요합니다. 이야기는 사람들의 마음을 움직이는 힘이 있기 때문입니다. 그러므로 이야기가 있는 관광지는 사람들의 흥미를 유발하기 좋습니다.

음악 교과서에 실린 노래로 유명해진 독일의 로렐라이 언덕은 세계적인 관광명소입니다. 이곳에는 배가 지날 때마다 강물에 뛰어들어 죽은 로렐라이가 나타나 황금빛 머리카락을 휘날리며 노래를 불렀다는 전설이 있습니다. 뱃사람들이 로렐라이의 노래와 미모에 도취되어 넋을 잃는 순간 배가 물살에 휩쓸리고 바위에 부딪치곤 했습니다. 실제로 이곳은 S자 형태의 굽은 협곡으로 강폭이 급격하게 줄어들면서 유속이 빨라져 급물살에 휩쓸린 배들이 바위에 부딪쳐 침몰했다고 합니다. 사실 로렐라이 언덕은 라인 강을 내려다보는 풍경 외에는 별 볼 일 없는 썰렁한 곳이지만, 이 전설을 바탕으로 문학가들이 이야기를 만들었습니다.

벨기에 브뤼셀에는 유명한 오줌싸개 소년 동상이 있습니다. 프랑스군이 브뤼셀을 불태우려고 하자 이 소년이 오줌으로 그 불을 껐다는 이야기가 있습니다. 행상 길에서 돌아오다 탈진해 쓰러져 폭설 속에서 죽어가던 아버지를 오줌의 온기로 살려냈다는 이야기도 있습니다. 벨기에 사람들은 오줌싸개 소년 동상이 오줌 싸는 걸 멈추지 않는 한 브뤼셀은 평화로울 거라는 믿음을 갖고 있다고 합니다. 브뤼셀을 찾는 세계 각국의 국빈들도 옷을 만들어 와 입히는 것이 관례이고, 세계 각국 사람들이 소년에게 입혀달라고 보내는 옷이 끊이질 않는다고 합니다. 이 동상이 가지는 가치와 상징성을 잘 말해주고 있습니다.

지금은 이처럼 이야기가 있는 관광자원이 대세인 세상입니다. 삼천갑자 동방삭 이야기를 바탕으로 한 관광자원을 발굴하면 좋을 것이라는 말입니다. '장수(長壽)'를 주제로 한 탄천 장수축제나 삼천갑자 동방삭의 장수와 숯을 주제로 하는 이야기 공원을 조성하면 좋겠습니다. 이 이야기를 현대적으로 각색한 창작공연도 좋고 숯가마 체험을 통해 숯을 만드는 숯 체험 프로그램을 운영하는 것도 좋을 것입니다. 이러한 것들이 활성화되면 자연스럽게 동방삭의 장수, 탄천의 숯을 모티브로 한 기념품도 가치 있는 관광상품이 될 것입니다. 스토리텔링이 대세라면 관광활성화 차원에서 이를 적극 도입해야 합니다.

감동과 감성이 담긴 이야기는 사람의 마음을 움직이는 힘이 있지요. 사람들은 슬프거나 아름답거나 꿈이 담긴 이야기들을 확인하고 따라 하고 싶은 마음을 갖게 됩니다. 스토리텔링은 다양성과 유연성을 갖게 해줍니다.

로렐라이 언덕이나 오줌싸개 소년처럼 유명한 브랜드로 자리매김할 수도 있습니다. 용인에는 조선 숙종 때 영의정을 지낸 약천 남구만이 낙향하여 비파를 타며 경치를 즐겼다는 비파 담 만풍 등 이야기가 담긴 곳이 많이 있습니다. 이러한 이야기들을 접목시킨 관광자원이 많이 생겨나기를 기대해 봅니다.

공무원 직종개편

　세상이 급변하고 있습니다. 우리는 하루가 다르게 다양화되는 무한경쟁 속에서 오늘을 살아가고 있습니다. 이럴 때일수록 간단명료하고 빠른 것이 살아남을 수 있다는 말이 있습니다. 공직사회도 예외일 수는 없다고 봅니다. 이러한 의미에서 국회를 통과한 공무원 직종개편은 시의적절한 일이었습니다. 일반 국민들은 공무원 직종개편에 큰 관심이 없을지도 모릅니다. 국민들이야 별정직, 기능직, 일반직 관계없이 공무원들이 일만 잘해주면 된다는 생각을 갖고 있기 때문입니다. 공무원들의 승진이나 불평등의 문제에도 관심이 없을 것입니다. 그러나 공직사회의 복잡한 직종을 간편 단순화하는 문제는 필요한 숙제였습니다. 하루가 다르게 신기술이 쏟아져 나오고 여러 기술이 융합되고 복합되는 디지털 사회에선 간단명료한 것이 경쟁력이 있기 때문입니다. 공직사회가 신바람 나게 일해야 국민 삶의 질도 높아질 수 있습니다. 직종개편을 통해 공직사회의 골격을 단순화시키고 활력 넘치는 조직으로 발전시킬 필요가 여기에 있습니다.

1981년부터 시행되고 있는 지금의 공직체계는 보완되어야 할 부분이 있다는 것이 대체적인 여론이었습니다. 지난날 몇 차례 직종개편문제가 거론되다가 수면 아래로 가라앉곤 했었습니다. 강산이 세 번 변한 지금도 일반직과 기술직 등 직군과 직렬 간의 형평성 문제가 끊임없이 제기되고 있는 실정입니다. 디지털 시대가 요구하는 전문성부족과 탄력적인 인력 운영이 어렵다는 점도 문제로 대두되었습니다. 30년 넘은 현행 공무원 직종체계 개편의 당위성이 여기에 있는 것입니다. 우리 공직체계의 골격은 계급제적 요소가 공직분류나 인사행정 전반에 주류를 이루고 있지만, 더욱 과학적이고 객관적인 인력관리를 위해 직위분류제적 요소를 도입할 필요가 있습니다. 너무 세분화된 직위분류보다는 유연하고 탄력적인 조직운영이 이뤄질 수 있는 형태가 바람직합니다. 원활한 인사운영과 효과적인 조직목표를 달성할 있도록 계급제와 직위분류제의 장점을 융합시키는 노력이 필요하다고 생각합니다.

공무원직종개편위원회가 마련한 개편안은 실적주의와 신분보장이라는 서로 다른 가치를 상호 존중하고 있습니다. 효율적인 인사관리와 공직 내부의 갈등 해소를 위한 운영의 묘를 살리고 공직 통합의 큰 목표를 담은 개편안이라는 말이지요. 직종분류에 있어서는 상호배타성 원칙을 준수하기 위해 단일분류 기준을 적용하고, 이를 위해 실적주의를 택했습니다. 실적주의가 공무원제도의 핵심가치로 인사관리의 기본 근간이기 때문입니다. 개편안은 현재 6개 직종을 4개 직종으로 단순화해서 효율적 인사관리를 도모하고 불필요한 행정비용을 줄이는 것으로 되어 있습니다. 기능직의 경우 일반직으로 통합됩니다. 사무직은 일반 행정직, 기술직은 일반 기술직으로 전환

되는 것입니다. 다만 속기, 운전, 방호 등 전문 기능이 필요한 경우는 일반직에 새로운 직군이나 직렬을 만들어 전환시키게 됩니다. 업무가 확장되는 직렬의 경우에는 시험을 거쳐야 됩니다. 그러나 일반직 내에 새로운 직군이나 직렬을 만들어 전환되는 경우에는 시험 없이 전직시키는 방안이 검토되고 있습니다.

전환직의 경우 6급 이하 기능직은 상당계급으로 동일하게 전환이 됩니다. 5급 이상의 경우 본인이 원하면 시험을 거쳐 6급으로 전환하고, 단체장이 필요하다고 판단될 경우 5급으로 승진시킬 수 있는 길도 열어놓았습니다. 별정직과 계약직의 경우도 기능직과 같이 일반직으로의 전환이 이루어집니다. 다만 비서, 정무보좌관 등은 별도의 직렬을 두어 자치단체장과 임기를 함께하는 것으로 정했습니다. 공무원 노조에서도 개편안에 대해 대체로 긍정적인 반응을 보였습니다. 전체적인 틀로 볼 때 큰 무리가 없다는 생각을 가진 듯했습니다. 개편안이 기존의 기득권을 크게 훼손하지 않고 현상태를 유지하는 범위 내에서 짜였기 때문입니다. 일반직으로 전환되는 수만큼의 정원을 일반직으로 그대로 증원시키는 것이 바로 그것입니다. 공정사회구현이라는 측면에서도 바람직하다고 생각합니다. 정부의 직종개편안이 원안대로 국회에서 통과되었습니다. 지난 30년간 공무원 직종개편은 수없이 거론되었었지만 이루어지지 않은 제도였습니다. 특히 기능직 공무원과 별정, 계약직 공무원의 일반직 전환 문제는 오랜 숙원이었습니다. 30년 묵은 소망이 이루어진 것입니다

그러나 이제부터 시작입니다. 큰 틀은 정해졌지만 세분화, 체계화해야 하고 이해관계에 따라 갈등이 생길 수도 있기 때문이지요. 누구나 손해 보

는 일을 감수한다는 것은 결코 쉬운 일이 아닙니다. 그러나 자칫 자기중심으로만 생각하고 이를 관철시키려 든다면 공직개편은 다시 수면 아래로 가라앉게 될지도 모릅니다. 서로의 입장을 유지하면서 조금씩 양보한다면 이번 공직개편이 순조롭게 마무리될 것입니다. 지난날에도 그러했듯이 공무원들은 국가발전의 주역이었고 미래사회 또한 그러할 것입니다. 공무원 사회의 흐름을 바꾸는 일에 참여하게 된 것은 개인적으로 영광스러운 일이었습니다. 전국 지방공무원을 대표해 공직개편 소위원회 위원으로 활동하면서 시험과목을 줄이고 상대평가를 절대평가로 바꾼 것 등은 보람 있는 일이었습니다. 이번 공직개편을 통해 신바람 나게 일하고 함께 보람을 느끼는 공직사회 분위기가 조성되기를 기대해봅니다.

개성공단 단상斷想

개성공단이 안개 속입니다. 도무지 활로가 보이질 않는 것이지요. 북한의 대화제의를 우리 정부가 전격 수용해 일말의 희망이 보이기도 했습니다. 그러나 회담대표의 격을 놓고 이견을 보인 끝에 회담 자체가 결렬되고 말았습니다. 안타까운 일입니다. 개성공단은 우리나라의 기술 및 자본과 북측의 인력을 결합하여 조성한 산업현장입니다. 우리나라의 산업경쟁력을 높이고 북한의 경제발전으로 남북 공동번영을 도모하고 교류협력에 기여한다는 공통분모에서 의기투합해 만든 산업현장인 것입니다.

개성공단은 2000년 8월 (주)현대아산과 북한의 김정일 국방위원장이 공업지구 건설에 합의하면서 시작되었습니다. 그 후 남북경제협력추진위원회에서 개성공단 착공 추진에 합의하고 개성 공업지구 법 발표를 거쳐 그해 12월에 착공되었습니다. 총 6,600만 제곱미터(2,000만 평)에 달하는 규모로 3단계에 걸쳐 조성키로 했습니다. 동북아 경제거점으로 육성하고 다국적 기업을 유치하여 IT 전자산업설비 분야의 복합공업단지로 개발한다는 취지였습니다. 2007년 100만 평이 개발되고 기업체가 입주해 남북한의 협력을 상징하는 랜드마크로 자리매김했습니다.

개성공업지구 개발로 인하여 남한은 인건비를 절감하고 원부자재를 판매하여 생산유발, 부가가치 유발효과를 가져왔습니다. 북한은 직접 외화 획득, 공단 내 인프라 조성, 공장건축 효과 등을 거두었을 것입니다. 개성공단은 남북 간 이중과세 방지와 낮은 기업소득세, 무관세 등으로 입주기업에 유리한 투자환경이 조성되어 있습니다. 개성은 서울과 인천에서 50킬로미터 정도 떨어져 있어 한반도종단철도와 시베리아횡단철도, 중국횡단철도 등이 건설되면 대륙 진출의 교두보로 활용될 수도 있을 것이다. 해양 진출도 가능하다는 장점도 있습니다.

이렇게 많은 장점을 갖고 있고 특히 남북 간 긴장을 완화시켜주는 완충지대 역할을 해온 개성공단이 멈춰진 것은 참으로 가슴 아프고 안타까운 일이 아닐 수 없습니다. 개성공단을 지금 상태로 방치하는 것은 남북한 합의 정신과도 상충되는 일입니다. 경제적인 측면은 물론 정치, 사회 등 모든 분야에 걸쳐 결코 도움이 되는 일이 아니라는 말입니다. 개성공단이 다시 정상화될 수 있도록 남북한이 머리를 맞대고 양보하고 배려하는 자세로 합의를 이끌어내야만 합니다. 필요하다면 중국의 기업들도 개성공단에 유치하면 좋을 것이라는 생각도 듭니다.

우리나라에 수출하는 중국기업이 개성공단에 입주하면 저렴한 비용으로 생산활동을 할 수 있고 물류비용을 크게 절감할 수 있을 것입니다. 중국으로서도 여러 가지 측면에서 손해 볼 게 없는 제안인 것입니다. 아직도 계획부지는 많이 남아 있고, 부족하면 파주 쪽으로 공단을 넓히면 됩니다. 철도가 연결되면 더욱 좋을 것입니다. 우리나라 기업이 이 철도를 이용해 중국으로 수출하면 물류비용을 크게 줄일 수 있기 때문입니다. 중국 기업의 유치에 대해 미국이 문제 제기를 할 수도 있을 것입니다. 그럴 경우 미국 기업도 참여시켜 글로벌 공단화하면 될 것입니다.

개성공단에 4개국 기업들이 입주해 생산활동을 하면 여러 가지 측면에서 긍정적인 효과가 있을 것으로 생각합니다. 경제적인 측면은 물론 정치적인 측면과 국가 안보에도 큰 도움이 될 것입니다. 개성공단이 폐쇄된 이후 발생한 손실이 1조 원을 넘어섰다고 합니다. 문제는 얼마나 더 기다려야 정상화될지 예측이 불가능하다는 점입니다. 북한 역시 이 문제에 대해서는 자유롭지 못할 것이라는 생각이 듭니다. 서로가 한 걸음씩 양보하고 상대방의 입장을 배려한다면 생각보다 빨리 정상화될 수도 있을 것입니다. 하루빨리 개성공단이 정상화되기를 기대해봅니다.●

● 이 글은 2013년 5월에 쓴 것이며, 개성공단은 9월에 다시 재가동되었다.

'지방자치의 날' 유감

　제1회 '지방자치의 날' 행사가 열렸습니다. 헌법상 지방자치가 부활한 10월 29일을 지방자치의 날로 정했습니다. 정부는 이날 지방자치 발전 방향을 담은 '지방자치헌장'도 함께 공포했습니다. 지방자치헌장에는 주민이 지방자치의 주체이고, 지자체는 주민 참여를 늘리기 위해 정보 공개를 확대, 자치 역량을 제고해야 한다는 내용이 담겨 있습니다.

　지방자치는 말 그대로 민주주의와 지방 분권을 기반으로 하고 있습니다. 일정한 지역의 주민이 선출한 기관을 통해서 행정을 처리하는 제도로 풀뿌리 민주 정치를 실현하고 권력 통제를 효과적으로 이루기 위해 헌법이 제도적으로 보장하고 있습니다. 행정은 국가기관에 의하여 처리되는 것도 있고 독립된 지방자치단체가 처리하게 하는 것도 있습니다. 국가가 주도하는 행정이 "관치행정"이고 자치단체의 의지대로 하는 행정이 바로 '지방자치'입니다.

　2013년 제1회 '지방자치의 날' 기념식은 의미 있는 행사였습니다. 제1회 지방자치박람회를 겸해서 함께 열렸습니다. 지방자치박람회에는 전국에서 올라온 우수 정책, 특산물 등 향토 자원이 전시되었습니다. 국가가 아무리 발전해도 삶의 터전인 지역이 발전하지 않는다면 국민은 행복해질 수 없습니다. 지방자치야말로 주민의 행복과 삶의 질을 향상시킬 수 있고 국가발전의 계기가 됩니다. 그러나 지방자치가 시행된 지 20여 년이 지났지만 아직도 중앙권한이 더 많이 지방에 이양되어야 한다는 여론이 지배적입니다. 지방재정이 자율성을 가지고 추진될 수 있도록 획기적으로 확충되어야 한다는 주장도 제기되고 있습니다. 정부에서 지방세 조정과 지방 사무 자율권 확대를 통해 지방 분권을 강화시킬 필요가 있다는 말입니다. 아직도 지방자치가 홀로서기에는 역부족이라는 사실은 두말할 필요조차 없습니다.

이러한 여론을 의식한 듯 박근혜 대통령도 지방자치의 날 축하 메시지를 통해 "각 지방이 특성에 맞는 정책을 주도적으로 개발해 추진해나가고 중앙정부는 적극적으로 지역 맞춤형 지원정책을 펼쳐나가겠다"라고 밝혔습니다. 지금이 '성숙한 지방자치'의 새로운 이정표를 세울 때라는 사실에 인식을 함께한 것입니다. 새 정부 들어 지방분권과 지방자치에 대한 고민이 깊어지고 있다는 사실을 엿볼 수 있는 대목입니다. 그런데 유감스럽게도 첫 번째 지방자치의 날 행사와 지방자치박람회가 '지방도 없고 자치도 없는 박람회'로 끝났다는 여론이 팽배합니다. 이 행사가 서울에서 열린 데다 정부 주관으로 치러졌고, 지방자치 협의체는 사실상 들러리에 불과해 지방자치의 날 취지와는 거리가 있었다는 말이 들립니다.

사람도 스무 살이 되면 어른 대접을 받습니다. 그런데 지방자치는 20년이 지났지만 아직도 걸음마 수준입니다. 아직도 많은 권한이 중앙에 집중되어 있고 재정문제는 더욱 심각합니다. 권한 이양이 제대로 이뤄지지 않은 데다 세제개편이 이뤄지지 않았기 때문입니다. 새 정부 들어 출범한 지방자치발전위원회도 최우선 과제로 자치사무와 국가사무 구분체계 정비 및 중앙권한의 지방 이양을 내세웠다는 사실이 이를 반증해주고 있습니다.

또한 이 위원회는 지방재정 확충 및 건전성 강화, 교육 자치와 지방자치 통합, 자치경찰제도 도입, 특별광역시 자치구·군의 지위 및 기능 개편, 도의 지위 및 기능 재정립, 시·군·구의 개편과 통합, 주민자치회 도입으로 근린자치 활성화를 추진하겠다고 발표했습니다. 많은 국민들은 정부의 지방자치 발전을 위한 노력이 얼마나 큰 성과를 거둘지 지켜보고 있습니다.

사람들은 이제는 "중앙정부가 지방자치의 정착을 위해 많이 양보하고 지방을 배려해야 할 때"라고 말합니다. 중앙은 지방과 다르다는 우월의식이 잔존하고 있는 한 지방자치는 허울뿐인 껍데기 자치일 뿐입니다. 간단한 예로 서울 경찰청이나 경기 경찰청이면 충분할 명칭을 굳이 지방이라는 명칭을 붙여놓아야 직성이 풀리는 수준이라면 문제가 심각한 겁니다. 각종 복지 정책을 내놓고 예산은 슬그머니 지방에 전가시키는 것도 지방을 죽이는 일입니다.

지방자치가 올바로 서려면 자치교육과 자치경찰제도가 도입되어야 합니다. 스무 살이나 된 지방자치가 홀로서지 못하는 데는 아직 중앙정부가 너무 많은 걸 쥐고 있다는 게 가장 큰 원인이지요. 지방자치가 정착되도록 끌어주고 밀어줘야 할 중앙정부가 오히려 걸림돌이 되고 있습니다. 지방이 살아야 국력도 살아납니다. 스무 살 지방자치라는 청년이 제대로 된 어른으로 살아갈 수 있도록 도와줘야 하는 이유가 여기에 있습니다.

언론에서 본
홍승표

공무원이되 공무원으로 살지 마라*

    최근 경기도는 행정안전부가 실시한 '2011 공무원 노사문화 우수행정기관 인증 및 노사문화 대상 기관 선정평가'에서 광역자치단체로는 유일하게 노사문화 우수행정기관 대상을 받았다.

    그동안 도는 전국에서 처음으로 공공기관 노사정 대타협을 이뤄낸 바 있으며 노사 상생포럼 운영, 노사정 공동선언문 채택 등 선진 노사문화 정착을 위한 프로그램들을 추진해왔다.

    또 도청 공무원노조는 노사 찾아가는 인사상담제도, 노사 청렴 협약 체결, 봉급 끝전 나눔을 통한 위기가정 무한돌봄 사업 등을 실시하는 등 도와 도청 노조 모두 모범적인 노사문화를 선도해왔다는 평가를 받아 이번 대상을 받게 됐다.

● ≪경기일보≫, 2011년 11월 28일 자 인터뷰 기사를 ≪경기일보≫ 허락하에 실음.

그러나 아직도 도청 공무원노동조합 게시판에는 동료 공무원을 헐뜯거나 비방하는 글이 올라오는 모습도 심심치 않게 볼 수 있다. 이에 수년간 도청 공무원노조로부터 '존경받는 간부 공무원'으로 선정되어온 홍승표 자치행정국장에게 바람직한 공무원 문화와 공무원으로 가져야 할 자세 등을 들어봤다.

≫ 도청 공무원노조로부터 4년 연속 존경받는 간부 공무원으로 선정됐다. 인기 비결은 무엇인가?

홍 승 표 ≫ 쑥스럽다. 후배 공무원들에게 고맙기도 하고 조금 부끄럽기도 하다. 나는 자치행정국장실의 문을 닫아본 적이 없다. 항상 열어놓는데, 예를 들어 어떤 민원인이 찾아왔을 때 문이 닫혀 있으면 둘이 뭐하는지 밖에서 알 수가 없다. 또 혹시 화가 나서 후배 공무원에게 소리를 지를 수 있는 경우가 생기더라도 문이 열려 있으면 스스로 목소리를 낮추게 된다. 그런 의미로 항상 문을 열어놓고 있다.

문이 열려 있으니까 후배 공무원들도 수시로 들어와 인사를 하고 간다. 특별한 일이 없더라도 직원들이 편하게 들려 차 한잔 마시고 간다. 예전 사무관 시절에는 어떻게 감히 자치행정국장 방에 들어가나 하는 생각이었다. 그런데 지금은 공직사회도 많이 부드러워졌고, 나도 그렇게 하려고 노력한다.

또 나는 직원들이 일이 밀려 결제를 받으러 오지 못하면 꾸지람을 하는 것이 아니라, 현장 가서 직접 일을 도와주려고 노력하고 있고, 매주 공무원들에게 도움이 될 만한 글을 한 편씩 써서 보내 함께 공유하고 있다.

이밖에 건강검진도 기존에 단순 몸무게 측정하고 시력 검사하던 것을, 암 검진까지 받을 수 있도록 했고, 도청 내 건강검진실, 동아리 활동지원 등에도 힘을 쓰고 있어 공무원들이 좋아해주는 것 같다.

처음 이 부문에 선정됐을 때는 일을 같이하고 싶은 간부 공무원인 줄 알았는데, 나중에 이야기를 듣고 보니 같이 술 먹고 싶은 공무원이라고 하더라. 난 그게 더 좋다.

일을 잘하는 것과 조직관리 잘하는 것은 전혀 다른 차원이다. 공무원은 일정 계급 이상 올라가면 대부분 일은 잘하지만, 조직을 잘 관리하는 사람은 많지 않다.

≫ 4년 만에 도청에 다시 복귀했다. 그동안 도청 문화는 어떻게 바뀌었나? 또 술과 관련한 도청의 문화는 어떤가?

홍 승 표 ≫ 내 주량은 많이 먹는 편이다. 예전에는 정말 끔찍할 정도로 많이 먹었는데, 요즘에는 소주 3병 정도 먹는 것 같다. 이것도 많이 준 것이다. 도청 내 음주문화도 예전과 많이 달라졌다. 예전에는 술을 먹으면서도 업무 이야기를 많이 하지 않았는데, 요즘 공무원들은 술을 많이 먹지도 않고 업무의 연장선으로 생각하는 경우도 많지 않은 것 같다. 또 술자리에서 다른 공무원을 흉보는 경우가 너무 많다. 그래서 요즘에는 후배 공무원들과 술을 먹어도 재미가 없다.

부단체장을 하다가 4년 만에 도청으로 다시 돌아왔는데, 도청 공무원 문화가 많이 안타까운 모습으로 변해 있다. 남을 헐뜯는 문화가 너무 팽배해 있다. 이상해졌다. 나만 아는 문화가 너무 당연시되고 있다.

내가 일반 공무원이었을 때는 팀장이 퇴근을 못하고 있으면 왜 그런지 물어보기도 하고, 팀원들이 같이 일을 도와 마무리하고 함께 소주 한잔 하는 그런 문화였는데, 요즘에는 많이 다르다. 후배 공무원들이 여유를 좀 가져야 하는데 너무 여유가 없다. 옛날 공무원들보다 요즘 공무원들이 일은 훨씬 잘하는데, 넉넉한 여유가 부족한 것 같아 많이 아쉽다.

≫ 공직생활을 하면서 최근 기억에 남는 일화는 무엇이 있나?

홍 승 표 ≫ 파주시 부시장 직을 수행하고 있을 때 정말 큰 감동을 받은 적이 있다. 파주시청에는 '정말 이런 공무원들이 또 있을까?'라는 생각이 들 정도로 훌륭한 공무원들이 많이 있는 것 같다.

파주시 공무원들은 전체 공무원의 98퍼센트 정도가 자발적으로 '그룹 희망 멘토제'에 참여해 아동복지시설 어린이, 기초생활수급자 자녀, 한부모가정 자녀들을 후원해오고 있다.

최근에는 구제역 종식이 선포되자 공무원들 스스로 2천만 원의 성금을 모아 구제역 기간 중 다친 동료 공무원들에게 위로금으로 전달했고, 일주일 뒤 일본에서 대지진이 발생하자 다시 1천만 원을 모아서 전달했다.

연평도 포격 사건 때도 1천만 원의 성금을 모아 전달하기도 했다. 특히, 구제역 사태 당시, 여직원들이 살처분 매몰 작업에 차출되면 남자 직원들이 솔선수범해 살처분을 대신하는 것을 보았다. 정말 감동적이었다.

파주시는 불법광고 현수막은 물론 버려진 담배꽁초 하나도 발견하기 어려운 지역이다. 6년 연속 옥외 광고물 정비 대통령 기관 표창을 받은 것은 파주시가 얼마나 깨끗한지 말해주는 것이다. 단합이 잘되고 서로 배려하는 조직은 일에 대한 성과도 남다르다는 것을 파주시에서 깨달았다. 공직은 바로 이런 것이 아닌가 다시금 생각케 한다.

≫ 시집을 4권이나 출간했다. 문학 활동을 꾸준히 하고 있는데, 어떤 의미인가?

홍 승 표 ≫ 시집을 4권 쓰긴 했지만 내가 문학을 논할 수 있는 수준은 아니다. 굉장히 어린 시절부터 글 쓰는 것을 좋아했다. 글 쓸 때가 가장 편한 것 같다.

많은 사람이 산에 오르는 것을 좋아한다. 산은 멀리서 보면 굉장히 웅장하고 아름답다. 하지만 산속으로 들어가 산행을 하면 산이 얼마나 멋있는지를 볼 수가 없다.

사는 것이 그런 것 같다. 정신없이 살다보면 내가 누군지도 모르고 시간이 간다. 바쁘게 살다가도 인간 홍승표가 누구인지 생각해보는 시간도 필요한데, 글을 쓰는 시간이 나에게 그런 시간인 것 같다. 영화도 많이 보고 있다. 최근에는 사회적으로 이슈가 됐던 〈도가니〉를 봤고, 최근 영화 중 가장 인상 깊게 본 영화는 〈시〉라는 영화였다.

아내는 나에게 "글은 로맨틱하게 쓰면서 집에서는 왜 그렇게 무뚝뚝하냐"고 투정을 부리기도 한다.

≫ 공직생활이 얼마 남지 않았다. 공직생활을 함에 철학과 남은 기간 목표는 무엇인가?

홍승표 ≫ 처음부터 공직생활을 하고 싶어서 시작한 것이 아니었다. 고등학교 시절 선생님들은 등록금을 지원해줄 테니 대학교에 가라고 했었는데, 덜컥 공무원 시험에 합격해서 부모님과 상의해 공무원이 됐다. 그때 대학교에 갔으면 지금쯤 어느 시골에서 선생님을 하고 있을지도 모르겠다.

지금 생각해보면 고생을 많이 하긴 했지만, 공무원이 되길 잘했다는 생각이 든다. 너무 어려서부터 공무원 생활을 시작해 특별한 철학을 가지고 시작하진 않았다. 하지만 사회에서 바라보는 공무원은 일정한 사회 지도층이다. 그런 의미에서 공무원은 우리보다 어려운 이웃을 돌볼 수 있어야 한다.

나는 처음 매월 월급에서 5천 원 기부하는 것을 시작으로 지금은 월 5만 원씩 월급에서 정기적으로 기부하고 있고, 어린이들에게 신문을 보내는데 매월 5만 원, 적십자회비, 무한 돌봄 등 한 해에 300만 원 이상 기부를 하고 있다. 어려운 살림에도 이런 기부 활동을 이해해주는 집사람이 참 고맙다.

≫ 끝으로 후배 공무원들에게 하고 싶은 말은?

홍 승 표 ≫ 후배 공무원들에게 '공무원이지만 공무원으로 살지 마라'라는 말을 꼭 해주고 싶다.

지인 중에 지역에서 면장을 오랫동안 하신 분이 있다. 이분은 면장 시절 지역 내 인사들과 고스톱을 치면 매번 이겨 자신이 고스톱을 잘 치는 줄 알았다더라. 그런데 퇴직을 하고 고스톱을 쳐보니 매번 졌다고 한다. 그제 야 이분이 그동안 고스톱을 자기가 친 것이 아닌 '면장'이 고스톱을 쳤다는 사실을 깨달았다고 한다.

다른 직업도 그렇겠지만, 특히 공무원은 퇴직하는 순간 인간 취급도 받 지 못하게 된다. 이 때문에 공직생활을 어떻게 하느냐가 정말 중요하다.

다산 정약용 선생의 일화가 있다. 어느 날 다산 선생에게 선비가 찾아왔 는데, 굉장히 기고만장하게 행동을 하더라. 그때, 다산 선생이 선비에게 "선비가 자꾸 높아지려고 하면 낮아지네. 자네가 낮아지려 할수록 높아질 것이네"라고 충고를 했다. 이 말이 딱 맞다.

우리 후배들이 어려운 이웃을 생각하고, 남을 배려하고, 여유를 가질 수 있는 공직생활을 할 수 있기를 바란다. (이호준 기자)

공무원은 월급쟁이 아니다,
사명감 가져라*

이 코너의 초대손님으로 1급(관리관) 이하 일반직 공무원을 선택한 것은 처음이다. 사표(師表)가 될 만한 공무원은 차고 넘친다. 하지만 '밥벌이'용으론 마뜩잖아서 내 잣대에서 1급 이하는 열외(列外)였다. 공무원은 '이슈'와 거리를 둬야 하는 천명(天命)을 타고난 직종이다. 인생 스토리도 거기서 거기다. 인지도마저 낮아서 신문 상품으로 치면 하품(下品)이다. 홍승표(58) 용인 부시장은 2급(이사관)이다. 스스로 정한 기준을 어긴 셈인데, 난 이 코너에 그를 초대하기 위해 2년 6개월이란 세월을 기다렸다. 그는 경기도청의 새로운 밀레니엄 전야(前夜)에 공복(公服)을 벗는다. 경기도청은 1914년 개청했고, 그는 오는 30일 명예퇴직하니 새로운 100년은 후배들 몫이다. 그는 경기도청 100년사(史)에 몇 안 되는 'たたかい(다다까이)' 전설이다. '다다까이'는 싸움 · 전쟁 · 전투 뭐 이런 뜻

• 《중부일보》, 2013년 12월 17일 자 인터뷰 기사를 《중부일보》 허락하에 실음.

으로 번역되는데, 공직사회에서는 전혀 다른 의미로 쓰인다. 면서기(9급)로 출발해 사무관(5급) 이상 반열에 오른 비(非)고시 출신 공무원을 통칭한다. 그에겐 37년이란 긴 세월이 필요했지만, 행정고시 전성시대나 다름없는 현실에서 '다다까이'의 한계치에 올랐다. "앞으로 1~2명 외에는 이사관은 꿈도 못 꿀 거예요. 도지사들이 고시만 키우고, 비(非)고시는 안 키워주니까 …… 내가 거의 마지막 세대죠."

≫ 공직생활은 얼마나 하신 거죠?

홍승표 ≫ 38년 11개월 했어요. 오래 했죠. 이무기죠, 이무기. 스무 살도 안 돼서 시작했으니. 고등학교 3학년(1974년) 여름방학 때 시험에 붙어서 이듬해 2월 1일에 임용됐어요. 같은 해 2월 15일에 졸업했으니 고등학교 졸업 전부터 다닌 거죠.

≫ 첫 임지가 고향이었죠.

홍승표 ≫ 네. 실촌면 면서기. 그때 아버지가 "잘하면 면장은 할 수 있겠다"고 했어요. 그런데 못할 것 같더라고요. 당시 면장이 8년째 하고 있었는데, (정년이) 4년 더 남아 있었어요. 그래서 경기도청 전입시험을 봤어요. 1981년에 도청 직원이 됐는데, 잘못 왔다 싶었어요. 시청은 대졸이

20%도 안 됐는데, 도청은 70%가 대졸이더라고요. 고시도 많고요. 죽어라 일만 할 수밖에 없다고 생각했어요. 사무관 될 때까지 오전 7시 30분 이후에 출근해본 적이 없어요. 기를 쓰고 한 거죠. 마대 들고 사무실 청소하고, 고참들 출근하면 차도 타주고 ……. 매일 그렇게 일 했어요.

≫ 광주시청 공무원 임용 동기는 지금 어떻게 됐나요?

홍 승 표 ≫ 6급부터 서기관(4급)까지 다양해요. 제일 높은 동기가 서기관이고, 아직도 계장(주사)이 두 명 있어요. 계장은 18년째 주사(6급)지만.

≫ 고비는 없었나요?

홍 승 표 ≫ 여러 번 있었죠. 그중 가장 큰 고비는 1987년 대통령 선거였어요. 당시 공보실 소속으로 보도자료를 담당했는데, (노태우 당선자가) 경기도에서 몇 % 이겼다, 경기도가 승리에 기여했다는 내용의 자료를 썼어요. 지시를 받고 위험수위에서 간당간당하게 썼는데, 당시 직속상관이던 기획관리실장이 말미에 넉 줄을 더 달았어요. 그게 엄청났죠. '(도청) 고위직 간부들이 논공행상을 염두에 두고 있다'는 내용이었거든요. 이튿날 동아일보 1면에 "정신 나간 공무원들"이란 기사가 난 거예요. 그다음 날은 사설에 났고요. 그 얼빠진 공무원이 나였죠. 사표를 써서 부지사에게 냈죠. 방법이 없잖아요. 부지사가 진상 조사를 시켰어요. 다행히 원본이 있어서 살았죠. 부지사가 불러서 사표를 찢더라고요. "당신들이 한 것도 아닌데 왜 총대를 메려고 하느냐"면서. 지금 생각하면 말도 안 되는 일인데 당시 실장과 도지사는 영전했어요.

≫ 공직사회도 많이 변했죠.

홍승표 ≫ 그럼요. 1970년대, 80년대 초만 해도 공무원들이 하면 주민들이 따라줄 때잖아요. 그때는 호응도 해주고 그랬어요. 80년대 중반 이후부터는 그게 안 돼요. 특히 민선 이후에는 주민들이 하급 공무원은 거의 상대하지 않으려고 해요. 단체장 이런 사람들만 찾아요. 내가 뽑았다 이거죠. 근데 그것이 좀 위험한 생각인 것 같아요. 공직사회도 비슷해요. 지금은 대학 나와도 (공무원 시험에) 붙기 힘들잖아요. 머리는 좋아요. 영어 프리토킹하는 놈도 있어요. 그런데 조직 적응력은 빵점이에요. 손해 보는 일은 절대 하지 않으려 하죠. 예를 들어 회식하자고 하면 "저 약속 있는데요" 이래요. 옛날에는 결속력이 좋았는데 요즘 애들은 그게 없어요.

≫ 국가관은 어떤가요?

홍승표 ≫ 없어요. 전혀 없어요. 우리 때만 해도 새마을 운동하면서 초가지붕 내려주고 했는데, 요새 애들은 그런 거 안 해요. "우리가 무슨 일용직이냐"고 하면서. 단순한 월급쟁이로 생각해요. 지난주 월요일에 신입 공무원을 대상으로 이런 특강을 했어요. "공무원이 완장이라고 생각하면 천만의 말씀이다. 뭐를 잡고, 규제하려고 하는 그 순간 여러분은 공무원 자격이 없는 거다." 무슨 말인지 몰라요. 그래서 이런 얘기를 해줬어요. "소냐가 지난해 4월에 패티김의 「사랑의 맹세」를 불렀다. 노래 부르면서 수화를 했다. 2주일 동안 배웠다. 소냐가 혼혈아인데 거기까지 오는데 얼마나 힘들었겠나. 소냐도 울고 패티김도 울고 다 울었다. 그런 마인드가 필요하다. 나보다 어려운 사람들을 배려해주는 마음이 필요하다. 사회적으로 보면 지도층이다. 정책을 전초기지에서 수행하는 첨병이다. 아무리 대통령이 좋은 정책을 내도 집행하는 사람은 일선 공무원이다. 공무원들이 안 움직이면 정책이 무슨 소용이냐"고. 잘 알아듣지 못해요.

　최근 몇 년간 경기도청 '다다까이' 큰형님 역할을 해온 홍승표. 그는 단지 높은 자리에 올라서 '명예의 전당'에 헌액되고, '다다까이 전설'에 노미네이트된 것은 아니다. 행정고시가 우글거리는 경기도청에서 고졸 신화를 썼다. 전설 선배들의 무용담을 뛰어넘을 만큼의 업적도 남겼다. 그는 올해 도전한국인운동본부가 선정한 '도전 한국인 10인'(자랑스런 자치단체상 대상)에 이름을 올렸다. 반기문 UN사무총장, 박찬호 선수(2011년), 김용 세계은행 총재, 싸이, 장미란 선수(2012년) 등이 수상 선배다. 경기도 내 전·현직 공무원 가운데 '경기도를 빛낸 영웅'으로 선정됐고, 2011년에는 '다산대상 청렴봉사 대상'을 받았다. 전국 지방공무원을 대표해 정부의 공무원직종개편위원회 소위원회 위원으로 활동하면서 비정규직을 정규직으로 전환해주는 법안을 입안한 공을 인정받아 전국 광역자치단체 공무원노동조합 총연맹으로부터 감사패를 받았다. 경기도청 직원들이 매년 선정하는 '함께 일하고 싶은 베스트 공무원'에 4회 연속 이름을 올리기도 했다.

≫ 상을 많이 받으셨는데 비결이 뭡니까?

홍승표 ≫ 일. 일로 승부해야죠. 그리고 또 하나는 바른말을 해야 해요. 도지사 다섯 분을 모셨는데, 바른말 딱딱 했어요. 당시에는 싫어하지만, 며칠 지나면 내 말이 맞거든요. "홍 비서 엊그제 한 말이 맞더라고" 이랬어요. 바른말 하고 일로 승부해야죠. 소통도 중요하고요.

≫ 요즘 공무원들 4년마다 시달리는데 일로 승부가 될까요?

홍승표 ≫ 70점 맞던 놈이 담임선생님 바뀐다고 100점 맞는 건 아니잖아요. 눈치 보는 놈이 이상한 거지.

≫ 공무원 조직에 패가 갈렸잖아요?

홍승표 ≫ 경기도청은 그나마 덜한데 일선 시·군은 이래요. A, B후보가 있잖아요. A에게 줄 서는 놈, B한테 줄 서는 놈, AB 어느 쪽에도 줄 안 서는 놈. A가 되면 4년 동안 편한 거고, B가 되면 4년 동안 죽는 건데. 아무 쪽에도 안선 놈은 그냥 찍히니까 그래서 줄 설 수밖에 없는 거예요. 아예 양다리 걸치는 놈도 있어요. 문제가 심각해요.

≫ 어떻게 해야 문제를 해결할 수 있을까요?

홍 승 표 ≫ 제도적으로 부시장·부군수를 국가직 공무원으로 전환하고, 사무관까지 인사권을 보장해줘야 해요. 쉬운 문제는 아니죠. 이인재 파주시장 같은 분이 대안이죠. 이 시장은 인사만큼은 꼭 부시장과 상의하도록 했어요. 그랬더니 갑자기 (부시장에게) 힘이 쏠리데요. 직원들이 일부러 결재를 받으러 오고 그랬지요. 부시장 힘 안 실어주면 시장도 좋을 게 없어요.

≫ 쓴소리도 많이 하셨던 것으로 기억하는데요.

홍 승 표 ≫ 2011년 자치행정국장 때 (게시판에) 이런 글을 올렸어요. '욕먹을 각오하고 이 글을 띄웁니다' 하고 욕을 실컷 했어요. 당시 1,500원이던 구내식당 단가를 500원 올리려는데 그걸 반대했어요. 지역경제 활성화를 위해 한 달에 두 번 외식하자고 했더니 그것도 반대했고요. 심지어 여직원은 왜 구제역 비상근무 현장에 안 내보느냐는 말도 하더라고요. 그래서 니들 정신상태가 틀렸다. 제주도도 2,500원인데, 정신 차려라. 파주시 공무원은 여직원이 구제역 비상근무에 걸리면, 남자 직원들이 대신 나갔다. 7~8번, 심지어 10번 나간 직원도 있다. 그런데 고작 1번 나가면서 여직원 운운하는 너희들 참 자격 없다. 말이 도청 직원이지 시청 직원보다 어림없다. 이 자식들아 정신 차려라. 그렇게 썼어요. 댓글이 100개 넘게 달렸는데 두 놈 빼고는 다 공감했어요.

≫ 구제역 얘기 나온 김에 파주 부시장 때 얘기 잠깐 하죠. 당시 어땠나요?

홍 승 표 ≫ 그 얘긴 별로 하고 싶지 않는데 ……. 딱 100일 걸렸어요. 정말 죽는 줄 알았어요. 아침 6시 출근해서 새벽 2시까지 일하는데, 너무 힘들어서 밥맛이 없고, 머리털이 빠졌어요. 하루는 시멘트 바닥을 밟는데 스펀지를 밟는 것처럼 쑥 들어가는 느낌이 들었어요. 이러다 쓰러지겠다 싶어서 링거 한 대 맞았죠. 직원들 몰래 네 번 맞았어요. 설날 아무도 나오지 말라고 지시하고 상황실에 나갔는데 밥 먹을 곳이 없는 거예요. 국수집 딱한 곳이 문을 열고 잔치국수를 팔더라고요. 난생처음 국수 두 그릇 먹었어요. 울컥하데요.

≫ 공무원 후배들에게 남기고 싶은 말이 많겠네요.

홍 승 표 ≫ '공무원은 단순한 월급쟁이가 아니다' 이런 말을 남기고 싶어요. 공무원은 사회지도층이죠. 그럼 사회지도층은 뭐냐. 청렴결백은 기본이고 나보다 어려운 사람들 도와줄 줄 알고 행정을 긍정적으로 처리할 줄 알아야죠. 다치지 않으려고 몸 사리면 그 순간 주민들이 불편해지는 거예요. 사명감 없는 공무원은 공무원 자격이 없는 거죠.

'문학소년' 홍승표는 어려운 가정 형편 때문에 명문대 진학을 포기했다. "고등학교 2학년이던 1973년 연세대학교가 주최한 전국 남녀 고교생 문예콩쿠르에서 장원을 했어요. 연세대에 입학할 수 있는 자격을 딴 셈이었는데, 학비가 없어서 대학에 진학하지 못했어요." 그는 지금까지 시집 1권과 수필집 3권을 냈다. 수원 광교산 입구에는 그의 시(詩) 「광교산」이 새겨진 시비(詩碑)가 있다. 그는 40년 공직생활을 마감하면서 네 번째 수필집 『꽃길에 서다』를 썼다.

≫ 등단은 언제 하신 거죠?

홍 승 표 ≫ 1988년 신춘문예로 등단했고, 1991년에는 한국시조 신인상을 받았어요. 정식으로 배우지 못해서 느낌으로, 감성적으로 써요. 책 한 권 내려면 500만~600만 원 정도 들어요. 출판기념회는 한 번도 한 적이 없어요. 오죽하면 집사람이 돈도 없는 사람이 돈 지랄 한다고 잔소리 하겠어요. 이번에는 출판사와 정식으로 인세 계약을 맺었어요.

≫ 새로 쓴 수필집 제목이 여성스럽네요. 어떤 의미가 담겼나요?

홍 승 표 ≫ 김춘수의 「꽃」 있잖아요. 나를 불러줬을 때 나는 비로소 꽃이 되었다. 광주에서 나를 불러줘야 되잖아요. 그런 의미가 있는 거지요. 에둘러 표현한 거죠. 광주 사람들이 나를 불러주면 내가 거기 가서 씨 뿌리고 싹 틔우고 열매 맺는 그런 일을 하겠다는 의미죠.

≫ 정년이 2년 남았는데 퇴직을 결심한 이유가 뭔가요?

홍 승 표 ≫ 부시장이 아무리 똑똑하고 아이디어가 있어도 그 아이디어를 받아주는 건 단체장이잖아요. 부단체장은 뜻을 펴고 싶어도 단체장을 넘어설 수 없어요. 뜻을 펴보고 싶은 거예요.

그는 다음 달 18일 고향 광주에서 출판기념회를 열고 인생 2막을 시작한다. 아파트 한 채, 퇴직금과 연금, 책 5권, 폭탄주 제조 자격증이 전부인 그의 앞에 놓인 그 길이 가시밭길일까? 꽃길일까? (한동훈 정치부장)

홍 승 표

경기도 광주에서 태어났다. 아름다운 산과 들을 벗 삼아 살아온 감성을 바탕으로 고교 시절 연세대학교 주최 전국남녀고교생 문예작품 공모에 당선되었고, 1988년 경인일보 신춘문예에 당선되어 등단했다. 1991년 시조문학의 추천을 받았으며, 1992년 한국시조 신인상과 2004년 팔달문학상을 받았다.

1975년 광주군청 공무원으로 공직에 입문한 뒤 1982년 경기도청으로 자리를 옮겨 도지사 비서관, 문화정책, 총무, 자치행정과장, 팔당수질개선본부장, 자치행정국장, 의회사무처장과 과천, 파주, 용인 부시장으로 일했다. 현재 경기도지사 비서실장으로 재직 중이다. 공직사회에서 9급 공무원으로 출발해 1급 관리관으로 명예퇴직한 입지전적인 인물로 손꼽힌다.

경기도청 공무원들이 뽑는 "함께 일하고 싶은 베스트 간부공무원"으로 4회 연속 선정되었고, 2011년부터 정부의 직종개편위원회 위원으로 활동해왔다. 경기도청공무원노조와 전국 시도 공무원 노동조합 총연맹으로부터 감사패를 받았고, 2010년 공무원으로는 최고의 영예인 다산대상 청렴봉사부문 대상을 받았으며, 2013년에는 경기도를 빛낸 영웅으로 선정되었고 도전한국인 운동본부가 선정하는 자랑스러운 자치단체장 특별상을 받았다.

경기대학교 행정대학원에서 행정학 석사학위를 취득했고, 한국문인협회와 한국시조시인협회 회원으로 활동하고 있으며 시집『먼 길』(2004), 수필집『공부 못하는 게 효도야!』(2009), 『높이면 낮아지고 낮추면 높아진다』(2011) 외에 다수의 공동시집을 냈다.

꽃길에 서다
홍승표 수필집

ⓒ 홍승표, 2014

지은이 │ 홍승표
펴낸이 │ 김종수
펴낸곳 │ 도서출판 한울

편집책임 │ 이교혜

초판 1쇄 발행 │ 2014년 1월 18일
초판 2쇄 발행 │ 2014년 12월 22일

주소 │ 413-120 경기도 파주시 광인사길 153 한울시소빌딩 3층
전화 │ 031-955-0655
팩스 │ 031-955-0656
홈페이지 │ www.hanulbooks.co.kr
등록번호 │ 제406-2003-000051호

Printed in Korea.
ISBN 978-89-460-4811-9 03810

* 책값은 겉표지에 표시되어 있습니다.